LOUIS L'AMOUR

Sein Name war Flint

LOUIS L'AMOUR

SEIN NAME WAR FLINT

Roman

Aus dem Amerikanischen
von Hans Mater

Titel der Originalausgabe
FLINT

Umwelthinweis:
Alle bedruckten Materialien dieses Taschenbuches
sind chlorfrei und umweltschonend.

Printed in Germany
Umschlagillustration: The Image Bank/David W. Hamilton
Umschlaggestaltung: Nele Schütz Design, München
Gesamtherstellung: GGP Media, Pößneck
ISBN 3-453-77037-4

1

Nur wenigen Menschen gelingt es, zweimal zu verschwinden. James T. Kettleman wollte es probieren. Er wollte verschwinden, um zu sterben.

Wenn ein Mensch nur noch ein paar Wochen zu leben hat, kann er sich seinen Tod aussuchen. Kettleman hatte ihn sich ausgesucht. Er saß im Zug und fuhr zu dem Ort, an dem er sterben wollte. Und er würde sterben, wie er gelebt hatte – allein.

Es lag eine gewisse Ironie darin, daß er zum Sterben in den Westen zurückkehren wollte, obwohl er den Westen haßte. Aber wie ein wildes Tier, das den Tod nahen fühlt, suchte er einen dunklen, einsamen Ort.

Jetzt, als er auf seinem Platz im Eisenbahnwagen saß, wirkte er kräftiger, vitaler und entschlossener als die anderen Passagiere. Aber der Samen des Todes war in seinem Körper und wuchs.

Der Wagen war mäßig besetzt; nur von fünf Menschen, die sich zu einem unbequemen Schlaf ausgestreckt hatten. Schräg gegenüber vorne, auf der anderen Gangseite, saß ein hübsches junges Mädchen, das in Santa Fé zugestiegen war. Auf ihrem Koffer las er ihren Namen: Nancy Carrigan. Weiter vorne saßen drei einzeln reisende Männer.

Die Lampe brannte trübe, die Scheiben waren beschlagen von der Kälte. Von Zeit zu Zeit kam der Schaffner in den Wagen und legte in dem kleinen Kanonenofen Holz nach.

Eine pechschwarze Nacht lag über der Landschaft. Aber Kettleman wußte trotzdem, wie sie aussah. Er kannte jeden Fußbreit dieses Landes von den Beschreibungen, die er an seinem New Yorker Schreibtisch gelesen hatte. Ein weites Hochplateau, unterbrochen von langgestreckten Bergkämmen und erstarrten Lavaströmen. Kettleman hatte alle ihm erreichbaren Karten und Beschreibungen gründlich studiert, als er sein zweites Verschwinden vorbereitete.

Der Zug verlangsamte sein Tempo. Kettleman rückte unauffällig seinen Koffer zurecht. Sie mußten jetzt die steile Auffahrt zu den Tafelbergen erreicht haben. Wenn der Zug mit kaum mehr als Fußgängergeschwindigkeit die letzte Steigung hinaufkroch, wollte er abspringen und in der Dunkelheit verschwinden.

Er kannte den Ort nicht, an den er wollte. Er wußte von ihm nur aus Berichten, die er vor fünfzehn Jahren erhalten hatte, als er zusammen mit einem Mann am Lagerfeuer saß, der sich dort oft verkrochen hatte, wenn ihm die Menschen auf die Nerven gingen.

Wenn er vom Zug sprang, würde James T. Kettleman sterben. Obgleich sein Leben eigentlich schon vor einigen Tagen aufgehört hatte, in Virginia. Für die wenigen restlichen Wochen seines Lebens würde er namenlos sein, ein Niemand, ein Gespenst.

Er war schon einmal verschwunden. Fünfzehn Jahre war das jetzt her, und es war verhältnismäßig einfach gewesen. Damals hatte niemand von ihm Notiz genommen, als er zusammen mit Flint in den Saloon des Städtchens The Crossing eingetreten war. Er war in der Nähe der Tür stehengeblieben, als Flint sich mit ein paar anderen Männern zum Pokern niedergelassen hatte.

Er hätte wissen müssen, daß etwas in der Luft lag, als die Cowboys an der Bar zu flüstern begannen und nach Flint schielten. Flint hätte es auch merken müssen. Aber er war gerade beim Gewinnen und sah nur in seine Karten.

Die Männer an der Bar schoben sich langsam an den

Spieltisch heran, sprangen plötzlich auf Flint zu und rissen ihm die Arme auf den Rücken.

»Mörder!« brüllte einer. »Verdammter Mörder!« Und dann schossen sie dem Wehrlosen ein Dutzend Kugeln in den Leib.

Keiner achtete auf den Jungen an der Tür. Sie wußten wohl gar nicht, daß er zusammen mit Flint in den Saloon gekommen war. Erst als sie das scharfe Klicken des Revolverhahns hörten, fuhren sie herum.

Der Junge stand an der Tür, den gespannten Revolver in der Hand.

»Er war mein Freund«, sagte er ruhig, als müsse er sein Tun erklären. Und dann schoß er.

Es dauerte fünf Sekunden, bis jemand die Lampe ausschoß. In diesen fünf Sekunden starben fünf Männer von seinen Kugeln, und vier von ihnen hatten Kopfschüsse. Nur zwei überlebten, um die Legende des Massakers von The Crossing der Nachwelt zu erhalten.

»Flint«, flüsterte jemand im Dunkeln.

Flint war eine der fast legendären Figuren des Westens, ein professioneller Killer, der sich von den großen Viehzüchtern und den Eisenbahngesellschaften gelegentlich einstellen ließ.

Als das Licht wieder angesteckt wurde, war der Junge fort. Den toten Flint hatte er mitgenommen. Sie waren hereingekommen, um zu spielen, und sie waren wieder in der Nacht verschwunden.

Die Lokomotive stieß einen langen, traurigen Pfiff aus, der weit über die verlorene, einsame Ebene hallte. Kettleman zog seine Pfeife aus der Tasche und setzte sie in Brand. Koffer und Rucksack hatte er schon auf die Plattform des Wagens geschafft. Niemand hatte es bemerkt.

Bis jetzt hatte alles so tadellos geklappt, wie er es geplant hatte. Blieb nur noch der kurze Weg zu Flints altem Versteck, um dort zu warten. Der Arzt hatte ihm gesagt, daß er noch ein Jahr zu leben hätte, und das Jahr war fast um.

James T. Kettleman zog ruhig an seiner Pfeife und sah aus dem Fenster. Aber es war nichts zu sehen, nur sein Spiegelbild: ein schmales, energisches Gesicht, mit hohen Backenknochen, grünen Augen und einem kräftigen Kinn. Seine Koteletten waren bis auf die Wangen heruntergewachsen, wie es zu der Zeit Mode war; das gewellte Haar war dunkelbraun mit einem leicht rötlichen Unterton.

Der Finanzier und Börsenspekulant James T. Kettleman war oft als ein gut aussehender Mann bezeichnet worden. Aber niemand hatte ihn je einen rücksichtsvollen Mann genannt.

Den Grundstock zu seinem Vermögen hatte Flint gelegt. Flint hatte fünfzehnhundert Dollar in der Tasche, als er im Saloon von The Crossing erschossen wurde. Der Junge, der später James T. Kettleman heißen sollte, besaß sechzig. Für diese sechzig Dollar kaufte er sich einen Stadtanzug, und mit dem Geld des toten Flint machte er seine ersten Geschäfte.

Die Lokomotive pfiff noch einmal, und Nancy Carrigan wachte davon auf.

»Ziemlich weit bis Alamitos, nicht wahr?« fragte sie.

Kettleman lächelte höflich. »Nur noch ein paar Stunden«, sagte er tröstend.

Für ihn waren es nur noch zehn Minuten …

In den fünfzehn Jahren nach jener Nacht in The Crossing hatte er aus Flints Geld ein Vermögen von vielen Millionen gemacht, hatte viele Feinde gewonnen und keinen Freund. Irgendwann in dieser Zeit hatte er eine Frau geheiratet. Zum Dank hatte sie versucht, ihn umzubringen. Und jetzt wollte er aus diesem Leben treten, so wie er damals hineingetreten war. Er ließ nichts zurück, an dem er hing. Er nahm nichts mit. Nicht einmal eine Erinnerung, die des Mitnehmens wert schien.

Nicht einmal seinen Namen. Auch den hatte er von Flint. Er hatte nie einen Namen besessen, bevor er Flint traf. Als er zwei Jahre alt war, hatten ihn irgendwelche Leute aus einer brennenden Wagenkolonne herausgeholt. Er war der einzige Überlebende. Die Comanchen hatten vergessen, ihn umzubringen; wahrscheinlich hatten sie ihn übersehen. Niemand wußte, wer er war, und es interessierte auch niemanden. Namenlos wurde er von einer Familie zur anderen geschoben und hütete Kühe. Er wurde der »cattle-man«, der Kuhmann. Und daraus machte Flint seinen ersten Namen: Kettleman.

Er stand auf und sah sich vorsichtig im Wagen um. Die drei Männer schliefen. Und Nancy Carrigan hatte sich wieder in die Ecke gelehnt und den Mantel über ihr Gesicht gezogen. Leise ging er auf die Wagenplattform und schloß die Tür vorsichtig hinter sich.

Die Sterne blinkten kalt und klar, und ein eisiger Wind fegte durch das Gras der Hochebene.

Er warf den Koffer und den Rucksack hinaus. Einen Augenblick zögerte er. Er stand am Ende seines Lebens und am Beginn des Nichts. Dann sprang er ab.

Lange Zeit stand er neben dem Bahndamm und blickte den roten Schlußlichtern des Zuges nach, bis sie hinter einer Biegung verschwanden. Eine Weile vibrierte noch das Rollen der Räder auf den Schienen. Ein langgezogener Pfiff der Lokomotive drang zu ihm.

Dann war er allein. In diesem Moment war James T. Kettleman gestorben. Der Mann, der diesen Namen getragen hatte, den Namen, der zugleich gefürchtet und respektiert worden war, existierte nicht mehr. Übrig blieb der einsame Mensch neben dem Bahndamm, auf der einsamen Hochebene, über die der eisige Wind pfiff. Er war wieder da, wo er vor vielen Jahren gestanden hatte: ein Mensch ohne Namen, ohne Vergangenheit. – Und jetzt auch ohne Zukunft.

»Leb wohl, James T. Kettleman«, sagte er leise. Dann

nahm er seinen Koffer und den Rucksack auf und ging quer über die Hochebene auf einen hohen, bewaldeten Bergrücken zu.

Ein jäher, scharfer Schmerz fuhr plötzlich in seinen Magen. Er ließ sein Gepäck fallen und sank langsam in die Knie. Minutenlang blieb er so, auf allen vieren. Sein Atem kam in keuchenden Stößen, und eine unerklärliche Angst griff nach ihm. Körperlicher Schmerz war ihm bisher unbekannt gewesen. Und weil ihm der Schmerz seine Kraft nahm, empfand er zum erstenmal Furcht. Denn seine Kraft war alles, was er besaß. Und gerade jetzt, auf der letzten Strecke seines Weges, brauchte er sie am allernötigsten.

Er hatte gewußt, daß die Schmerzen kommen würden. Der Arzt hatte es ihm gesagt. Aber wenn es endgültig dem Ende zuging, sollten sie erträglicher werden.

Er ging bis zum Fuß der Bergkette, bis er das erste Kieferndickicht erreichte. Dort baute er sich aus Zweigen einen Windschutz und entfachte dahinter ein kleines Feuer. Dann öffnete er den Koffer und zog sich um: ein wollenes Hemd, Jeans, eine Jacke aus Lammfell und Kalblederschuhe.

Die beiden Pistolen in seinem Halfter waren vom Modell 44 Smith & Wesson. Er setzte die beiden Gewehre zusammen, eine Kugelbüchse und eine Schrotflinte. Den Koffer mit seiner Stadtkleidung vergrub er unter einem dichten Gebüsch.

Befriedigt wickelte er sich dann in seine Decke und legte sich neben dem Feuer auf das weiche Bett von Gras und Kiefernnadeln.

Soweit hatte es also geklappt. Kein Mensch würde ihn hier suchen. Seine Geschäfte liefen auch ohne ihn weiter, denn sein Anwalt, ein früherer Richter, hatte genaue Anweisungen.

»Ich werde für einige Zeit verreisen«, hatte er ihm erklärt. »Sie wissen ja, daß ich nicht mehr lange zu leben habe. Wenn ich in sieben Jahren nicht zurück bin, können Sie mich gesetzlich für tot erklären und mein Erbe verteilen lassen.«

»Und wenn Sie vorher sterben?«

»Ich will nicht, daß irgend etwas vor Ablauf dieser sieben Jahre getan wird. Für den Unterhalt meiner Frau ist gesorgt.«

»Für Ihre Verhältnisse aber reichlich dürftig«, sagte der Anwalt.

»Viel zu großzügig, finde ich, wenn Sie bedenken, daß mich meine Frau letzte Woche ermorden lassen wollte. Sie und ihr Vater. Die Bestätigung der Detiktiv-Agentur Pinkerton liegt bei meinen anderen Papieren im Banksafe.«

»Sie können sich scheiden lassen.«

»Eine Scheidung würde sie anfechten. Außerdem werde ich wahrscheinlich nicht lange genug leben. Vielleicht würden sie auch noch einmal versuchen, mich umzubringen. Ihr Vater hat sich durch ein paar krumme Geschäfte pleite gewirtschaftet. Er braucht mein Geld.«

Der Anwalt schob die Papiere zusammen.

»Frauen haben in meinem Leben nie eine Rolle gespielt«, sagte er. »Sie war die erste, um die ich mich kümmerte. Aus irgendeinem Grund sehnte ich mich plötzlich nach einer Frau und nach einem Heim.«

»Ich hatte keine Ahnung«, fuhr er fort, »daß ihr Vater sie auf mich gehetzt hatte, um etwas über meine Geschäfte zu erfahren.« Er lächelte. »Aber er konnte ja nicht wissen, daß ich prinzipiell nie über Geschäfte rede. Nicht einmal im Bett.«

Nach diesem Gespräch ordnete er seine Finanzen. Er veräußerte den größten Teil seiner Aktien, kaufte mehrere Grundstücke und legte alles verfügbare Bargeld in Eisenbahnaktien an. Ein paar tausend Dollar depotierte er unter falschem Namen auf einer Bank, für den Fall, daß er einmal etwas brauchen sollte.

Als er seine Frau, sein Haus und sein bisheriges Leben verließ, verabschiedete er sich für einen kleinen Jagdausflug nach Virginia. Seine Frau bot nicht einmal an, ihn zu begleiten. Sie hatte ihn nie begleitet. Sie lebten zwar im selben Haus, aber sie lebten nicht zusammen.

Weder sie noch ihr Vater hatten den Plan aufgegeben, ihn doch noch zu töten. Das erstemal sollte es bei einem Kartenspiel passieren. Der Mörder war ein berufsmäßiger Spieler, und sie wollten später bezeugen, daß er in Notwehr geschossen hatte.

Aber es war daneben gegangen. Von Anfang an hatte es nicht geklappt. Kettleman spielte gerissen und mit eiskalter Berechnung. Der gedungene Mörder hatte das Gefühl, als analysierten ihn die kalten grünen Augen, als wüßte der andere schon alles.

Er probierte, wie geplant, ein paar faule Tricks, um Kettleman zu provozieren. Aber der biß nicht an.

Er wurde nervös, fahrig. Und plötzlich, ohne daß er recht merkte, wie es geschah, hatte Kettleman den Einsatz von sechstausend Dollar gewonnen. Mit einem Falschspielertrick hatte er den Berufsspieler hereingelegt.

»Sie suchen doch einen Anlaß für einen Streit«, sagte Kettleman ruhig, »hier haben Sie ihn.«

Der andere spielte nervös mit seinen Karten. Ein leichter Schweiß perlte auf seiner Stirn.

»Was wollen Sie eigentlich von mir?« fragte Kettleman.

»Ich soll Sie umbringen.«

»Wenn Sie aus dem Spiel aussteigen wollen, können wir uns Ihren Verlust teilen, und ich vergesse, was Sie mir da gesagt haben.«

Da war ein Ausweg. Der Spieler wußte, daß er davon Gebrauch machen sollte. Aber Stolz kann tödlich sein.

»Geht nicht. Ich bin dafür bezahlt worden.«

»Es gibt auch andere Arbeit, mit der man sein Geld verdienen kann. Zum letztenmal: Gehen Sie!«

»Ich habe mein Wort gegeben.«

Kettleman zuckte die Schultern, »Dann kann ich Ihnen nicht helfen. Sagen Sie, wenn Sie soweit sind.«

Der Spieler sprang auf, stieß den Stuhl um.

»Falschspieler!« schrie er und riß den Revolver heraus.

Jeder sah es. Jeder sah, daß er zuerst zog. Und jeder sah ihn fallen, mit einem Loch in der Brust, aus dem das Blut über das weiße Hemd sickerte.

Kettleman steckte seine Waffe fort und beugte sich über ihn. »Ich wollte Sie nicht töten«, sagte er fast freundlich. »Wer hat sie bezahlt?«

»Ihre Frau«, murmelte der Sterbende. »Und ihr Vater.«

Wie dämlich war er gewesen, als er sich von ihr einfangen ließ. Aber vielleicht war es auch ganz natürlich. Er war nie auf Frauen vorbereitet worden. Menschen waren für ihn immer nur Geschäftspartner, Konkurrenten, Gegner gewesen. Auf dieser Basis war er erfolgreich, war er den anderen überlegen. Aber als Mensch hatte er versagt. Er hatte nie um Freundschaft gebeten, und keine angeboten.

Rücksichtslos, nur mit seiner kalten Intelligenz, hatte er seinen Weg gemacht. Seine Geschäftsmethoden waren die eines gerissenen Schachspielers. Nichts wurde dem Zufall überlassen.

Es war damals die Zeit der großen Spieler, der finanziellen Abenteuer, als Vermögen über Nacht gewonnen und verloren wurden. Bodenschätze, Eisenbahnen, Industrie- und Landspekulation – er machte alles, verschob den Schwerpunkt seiner Interessen, wie es die Gegebenheiten erforderten, verhandelte und intrigierte hinter der Szene, achtzehn oder zwanzig Stunden am Tag, wenn es sein mußte.

Manchmal, selten, hatte er das Verlangen nach menschlicher Wärme verspürt. Meistens hatte er es bekämpft. Wenn er einmal gegenüber seinen Angestellten oder irgendwelchen Fremden eine impulsive Freundlichkeit gezeigt hatte, so schämte er sich hinterher.

Das waren die letzten fünfzehn Jahre. Das Leben nach Flint.

Er wußte, daß man ihn als Zweijährigen bei den ausgebrannten Wagen gefunden hatte. Die Jahre danach waren eine unbestimmte Erinnerung an einen Mann und eine Frau, die sich ständig stritten, ständig soffen. Wenn die Frau einmal nüchtern war, fuhr sie ihm sogar mit der Hand über den Kopf. Aber meistens war sie betrunken. Dann schimpfte sie mit ihrem Mann und vergaß oft, daß er, der Junge da war, und ließ ihn hungern.

Und dann wurde die Frau erschossen. Er war damals etwa vier Jahre alt. Er hatte geschlafen und kam ins Wohnzimmer gelaufen, als der Schuß ihn aufschreckte. Sie lag am Boden. Er hatte sie oft am Boden liegen sehen. Aber diesmal lief Blut über ihren Rücken. Und dann hatten ihn irgendwelche Leute fortgebracht.

Die nächsten zwei Jahre verbrachte er bei einem kleinen Farmer, der einen vergeblichen Kampf gegen die mörderische Trockenheit lieferte. Als er den Kampf aufgab, ließ er ihn irgendwo zurück. Auf einer Straße in einer Stadt. – Er wartete die ganze Nacht auf ihn, saß auf einer Türstufe und fror im kalten Nachtwind. Ein Mann ritt vorbei. Ein Mann in einer zerfetzten Büffellederjacke. Am Ende der Straße wendete er sein Pferd und kam zurück.

Der Mann beugte sich herunter und hob ihn auf den Sattel. Sie ritten zum Saloon, und der Mann kaufte ihm eine Schüssel heißer Suppe. Und dann schlief er ein.

Als er wieder aufwachte, sah er ein unrasiertes Kinn, ein Paar kalte, graue Augen. Er saß auf dem Sattel vor dem Mann, der ihm die Suppe gekauft hatte.

Sie kamen in eine Stadt. Der Mann brachte ihn in ein Haus, zu einer Frau. Der Mann hieß Flint, und am nächsten Morgen war er wieder fort. Die Frau war nett, und er blieb acht Jahre bei ihr. Sie schickte ihn auch zur Schule. Er mochte die Schule nicht. Aber er hatte zum erstenmal in seinem Leben ein richtiges Bett und ordentliches Essen. Er hatte Angst vor dem Tag, an dem er wieder gehen müßte. Und aus irgendeinem Grund setzte sich bei ihm die Idee fest, daß die Frau ihn fortschicken würde, wenn er kein guter Schüler wäre.

Das war die Zeit, als er die Bücher entdeckte. Er fand bald heraus, daß er durch Lesen die kommenden Lektionen vorwegnehmen und dadurch zu den Klassenersten aufrücken konnte.

Seine Mitschüler kamen meist aus reichen, zumindest wohlhabenden Familien. Sie versuchten oft, ihn auszufragen, sich ihm anzuschließen. Aber er ließ ihre Fragen unbeantwortet, und er blieb allein.

In den langen Tagen, als er vor Flint im Sattel gesessen hatte, hatte ihn dieser einige Dinge gelehrt, die in seinem Kopf haften blieben und die, wie er später feststellte, sein ganzes Leben bestimmen sollten.

»Du darfst niemals jemanden merken lassen, was du fühlst und was du denkst. Wer das weiß, ist dir gegenüber im Vorteil.«

»Du darfst keinem Menschen vertrauen. Nicht einmal mir. Vertrauen ist ein Laster. Die Menschen sind nicht immer schlecht, aber sie sind schwach oder feige. Du mußt stark sein. Und du mußt dir selbst gehören.«

»Wenn du irgend etwas weißt, behalte es für dich, gib es nicht weiter. Die Leute dürfen nie wissen, was du weißt. Und das Wichtigste: Lerne die Menschen kennen! In deinem ganzen Leben wirst du auf Menschen treffen, die dir Steine in den Weg werfen, manche aus Haß, manche aus Bösartigkeit oder Dummheit.«

Dann kam der Tag, als der Rektor der Schule ihn rufen ließ, und er hatte Angst. Der Rektor war ein strenger, kühler Mann aus New-England.

»Es ist schade, daß du abgehst«, sagte er. »Du warst ein guter Schüler. Du hast einen ausgezeichneten Kopf.« Der Rektor machte eine kurze Pause. »Besorge dir Bücher, damit du allein weiterkommst. Die Welt ist hart. Und merke dir eines: Das Wichtigste im Leben ist die Ehre.«

Der Rektor nahm einen Brief von seinem Schreibtisch. »Der ist für dich.«

Der Brief war kurz und sachlich:

»Du hast auf der Straße gesessen, als ich dich gefunden habe, und du warst hungrig. Ich habe dich mitgenommen und dir etwas zu essen gegeben. Der Mensch braucht auch ein bißchen Schule, habe ich mir gedacht. Darum habe ich sie für dich bezahlt. Jetzt hast du genug gelernt. Du bist alt genug, um auf eigenen Füßen zu stehen. Wenn du willst, kannst du nach Abilene kommen. Flint.«

Bei dem Brief lagen fünf Zwanzig-Dollar-Noten. Er packte seine Sachen zusammen, und weil er nichts Besseres zu tun hatte, ging er nach Abilene.

Aber Flint war nicht da.

Vier, fünf Tage suchte er nach ihm. Und dann traf er den Barkeeper. Der sah ihn prüfend an und sagte, er solle noch ein wenig warten.

Er mußte drei Monate warten, bis Flint kam. Er vertrieb sich die Zeit, indem er Rinder hütete.

In den Morgenstunden wurde es kalt. Ein eisiger Wind heulte durch die Kiefern. Kettleman warf neues Holz auf das Feuer und streckte sich wieder aus. Durch das Geäst der Bäume schimmerte ein einzelner Stern. Er blickte empor, bis ihm die Augen wieder zufielen. Eine Stimme schreckte ihn auf. Ein scharfer Ruf, keine fünfzig Meter entfernt.

»Er kann noch nicht weit sein! Sucht weiter!«

Er sprang auf, zog die Schuhe an und schnallte den Gürtel mit den Pistolen um. Dann kroch er ins Gebüsch, die Schrotflinte unter dem Arm.

Sekunden später brach ein Reiter durch das Gestrüpp, dann ein zweiter.

»Ausgerissen ist er, der Hund.« Einer der Reiter trat in das verglimmende Feuer.

»Verbrennt die Decken und den anderen Krempel«, sagte der andere.

»Laßt die Finger von meinen Decken!«

Kettleman trat aus dem Gebüsch, den Lauf seiner Schrotflinte auf die beiden Männer gerichtet.

»Wer sind Sie denn, zum Teufel?« fragte der ältere der beiden Reiter grob. »Was treiben Sie sich hier herum?«

»Ich wüßte nicht, was Sie das anginge.«

»Sie sind auf meinem Land. Hauen Sie ab, aber schnell.«

»Den Teufel werde ich tun. Sie sind ein verdammter Lügner«, sagte er höhnisch. »Das Land hier gehört der Eisenbahn. Und merken Sie sich eins: mir gefällt es hier. Wenn Ihnen das nicht paßt, dann puste ich Sie alle beide aus dem Sattel!«

»Sie fühlen sich verdammt stark, mein Lieber.«

Der ältere der beiden Männer blickte unruhig auf den Lauf der Schrotflinte, die aus weniger als fünfzehn Meter Entfernung auf seine Brust gerichtet war. Aus der Schärfe von Kettlemans Worten spürte er, daß der Mann jedes Wort so meinte, wie er es sagte.

»Wer sind Sie?«

»Ich bin ein Mann, der seine Ruhe haben will. Ich habe etwas gegen Idioten, die wie ein Rudel Dorfköter durch die Gegend toben.«

»Halten Sie Ihr freches Maul. Ich habe zwanzig Mann bei mir.«

»Was, nur zwanzig? Krach machen sie für achtzig,

mindestens. Fünfzehn von den Brüdern hätte ich von ihren Gäulen gepustet, bevor sie wissen, was los ist, und der Rest würde schon aufhören zu schießen, wenn sie merken, daß Sie nicht mehr am Leben sind, um sie dafür zu bezahlen.«

»Alles in Ordnung, Boß?« rief eine Stimme durch die Bäume.

»Sagen Sie Ihren Leuten, sie sollen sich um ihren eigenen Dreck kümmern, und Sie tun gefälligst dasselbe«, sagte Kettleman.

Der ältere Reiter wandte den Kopf. »Geh zurück, Sam. Ich komme gleich nach.«

Er wandte sich wieder an Kettleman.

»Jetzt sagen Sie einmal, was Sie hier eigentlich wollen.«

»Nichts, gar nichts. Wie oft soll ich Ihnen das noch sagen.«

Der Reiter stieg ab, wandte sich dann an seinen Gefährten. »Bud, geh zurück zu den anderen. Ich treffe euch nachher beim Weißen Felsen.«

Bud zögerte.

»Ist schon in Ordnung«, versicherte der andere. »Der tut uns nichts. Man soll sich nie mit einem Mann streiten, dem es egal ist, ob er lebt oder stirbt. So einer ist dir immer überlegen.«

Der Mann war klein, muskulös und breitschultrig. Sein Haar war graumeliert, und er trug einen Schnurrbart. Sein harter, dunkler Blick schweifte über Kettlemans Lager, blieb auf der schweren Kugelbüchse hängen, die neben den Decken lag.

»Verdammt gutes Gewehr«, sagte er anerkennend. »Wenn Sie auch noch gut schießen können, könnten Sie damit einen Haufen Geld verdienen.«

Kettleman zog geringschätzig die Mundwinkel nach unten. Diesen kleinen Drecksfarmer konnte er aufkaufen, den ganzen Plunder verschenken, und er würde es nicht einmal bei der Bankabrechnung merken. Aber was half ihm das schon?

»Ich heiße Nugent«, sagte der andere. »Ich züchte Rinder.«

»Schön.«

Nugent, gewöhnt, respektiert zu werden, war verärgert. Er warf ein paar Holzknüppel in die Flammen und musterte Kettleman aus den Augenwinkeln. Er sah nicht aus wie ein Cowboy. Außerdem, kein Cowboy konnte sich so ein Gewehr leisten, das bestimmt seine zwei-, dreihundert Dollar kostete. Aber er mußte doch irgendeinen Grund haben, in diese gottverlassene Gegend zu kommen.

»Haben Sie etwas gegen Geld?« fragte er vorsichtig.

Kettleman schüttelte den Kopf und stocherte im Feuer herum.

»Dachte ich mir. Ich habe noch keinen Menschen getroffen, der kein Geld wollte.«

»Ich will keins.« Kettleman stand langsam auf. »Und jetzt machen Sie, daß Sie wegkommen. Ich will schlafen. Hinter wem sind Sie eigentlich her?«

Nugent ging zu seinem Pferd und stieg in den Sattel. »So ein Kerl, der sich auf meinem Land breit macht. Aber den kriege ich schon. Und wenn …«

»Auf Ihrem Land?« grinste Kettleman. »Mensch, Ihnen gehört doch hier kein Quadratmeter. Sie sind ein kleiner, dreckiger Angeber.«

Nugents Gesicht wurde leichenblaß. Seine Hand zuckte nach der Pistole. Aber er zog nicht. Er riß das Pferd auf der Hinterhand herum und verschwand im dichten Unterholz.

Aber er würde zurückkommen, schwor er sich. Er würde zurückkommen und es diesem Kerl zeigen.

Ein heißer Schreck fuhr ihm durch die Glieder. Woher wußte der Mann, daß ihm das Land nicht gehörte? Wer war er eigentlich?

Kettleman warf den Rucksack und die Deckenrolle über die Schultern und hängte die beiden Gewehre um. Dann ging er nordwärts, den mäßig ansteigenden Berghang hinauf.

Es war noch mindestens eine Stunde bis Sonnenaufgang, aber falls Nugent die Absicht hatte, noch einmal zurückzukommen, wollte er sich nicht ausgerechnet im Schlaf überraschen lassen.

Thomas S. Nugent. Er kannte den Namen aus seinen Akten. Bevor die Bahnlinie gebaut wurde, hatte die Gesellschaft eine Liste von allen Ranches angelegt, die in ihrer Nähe lagen, um die zu erwartende Frachtmenge kalkulieren zu können. Und gerade über dieses Gebiet, in der Nähe von Flints altem Versteck, hatte er sich besonders gründlich informiert.

Der Weg führte ständig bergan, und das Gepäck und die Waffen wogen an die achtzig Kilo. Aber noch hatte die Krankheit ihm nichts von seinen Kräften genommen.

Er war noch nicht weit gegangen, als er den Mann fand, den Nugent und seine Männer gejagt hatten.

2

Nancy Carrigan wachte auf, als der Zug die Fahrt verlangsamte und ratternd über die Weichen des Güterbahnhofs fuhr. Sie erhob sich und sah aus dem Fenster, auf die vertrauten Häuser.

Es war doch gut, wieder zu Hause zu sein. Trotz allem.

Auch die anderen Passagiere standen auf und stellten ihre Gepäckstücke zurecht. Der Mann auf dem Sitz vor ihr, ein lang aufgeschossener Kerl mit semmelblonden Haaren, stieg in seine hochhackigen Stiefel. Sein Gesicht war von Pockennarben entstellt, und über dem rechten Auge saß eine kleine weiße Narbe. Mit einer Bewegung, die jahrelange Praxis verriet, zog er seinen Pistolengürtel zurecht.

Dann wandte er sich um, sah an ihr vorbei, in das hintere Ende des Waggons. Und plötzlich wurde sein Gesicht hart. Noch einmal schweifte der Blick suchend durch den ganzen Wagen, kehrte dann wieder auf den hinter Nancy gelegenen Sitz zurück. Unwillkürlich sah sie sich um. Der Mann, der dort gesessen hatte, war verschwunden.

Der Zug hatte die ganze Nacht über nicht gehalten. Und trotzdem war der Mann nicht mehr da.

Einen Augenblick lang lag der Blick des Semmelblonden auf Nancy. Sie glaubte, er wollte sie ansprechen, nahm hastig ihren Koffer auf und schritt den Gang entlang, auf die Tür zu. In der Nähe der Tür saß ein fetter Mann mit einem großkarierten Anzug, der sie unverschämt anstarrte.

Es war wie eine Erlösung, als sie Ed Flynns vertrautes Gesicht entdeckte. Er kam ihr entgegen, als sie aus dem Wagen stieg, nahm ihr den Koffer ab und lud ihn auf den kleinen, leichten Wagen. Flynn war zusammen mit ihrem Vater und ihrem Onkel hierhergekommen und hatte mitgeholfen, die Kybar-Ranch aufzubauen. Als ihr Vater gestorben war, hatte er die Leitung der Ranch übernommen. Er war kein Geschäftsmann, aber er verstand eine Menge von Rindern.

Als sie auf den Bock des Wagens stiegen, trat der Semmelblonde mit den zwei Pistolen an der Hüfte in das Stationsgebäude. Flynn pfiff leise durch die Zähne, als er ihn sah. »Ich möchte wissen, wer diesen Kerl eingestellt hat. Der kostet eine schöne Stange Geld.«

»Du kennst ihn?« fragte Nancy erstaunt.

Flynn nickte. »Einer der gefährlichsten Revolvermänner, die hier herumlaufen. Buck Dunn heißt er.«

Nancy Carrigan wußte, was das Auftauchen eines solchen Mannes bedeutete. Es gab manchmal blutige Fehden zwischen den Ranchern. Aber meistens wurden sie von den eigenen Leuten ausgefochten, ohne fremde Hilfe. Wenn ein Mann wie Buck Dunn erschien, bereitete irgend jemand einen regelrechten Krieg vor.

Und ihre Ahnung wurde bestätigt. Als der leichte Wagen aus dem Bahnhof rollte, stießen zwei Reiter zu ihnen. Pete Gaddis und Johnny Otero, zwei Cowboys ihrer Ranch.

»Wozu denn die Eskorte?« fragte Nancy erstaunt.

Ed Flynn nickte ernst. »Es hat sich verdammt viel in den letzten paar Wochen verändert.«

»Was ist denn passiert?«

»Nugent sind fünfzig Rinder gestohlen worden.«

»Gestohlen?« fragte Nancy ungläubig.

»Sie werden nicht von alleine weggelaufen sein.«

Flynn steckte sich eine Zigarre an. »Burris und zwei andere haben sich auf Nugents Land niedergelassen. Sie behaupten, das Land gehöre der Regierung.« Er lachte trocken. »Na, du kennst ja Tom Nugent. Er hat getobt wie ein Berserker und wollte sie mit Gewehren von seinem Land jagen. Aber die drei schossen zurück und knallten einen von Nugents Leuten aus dem Sattel. Einer von ihnen wurde in dem Gefecht erschossen. Den andern jagen sie noch. Drüben in den Hügeln. Im Osten.«

»Und was ist mit Burris?«

»Der kam nach Alamitos gelaufen, als ob seine Frackschöße Feuer gefangen hätten«, grinste Flynn.

»Glaubst du, daß Port Baldwin irgend etwas damit zu tun hat?«

Flynn sah sie verwundert an.

»Daran habe ich noch gar nicht gedacht«, sagte er aufrichtig. »Du hast einen verdammt hellen Kopf, genau wie dein Vater.«

Als sie die Kybar-Ranch erreichten, ging Nancy sofort auf ihr Zimmer, froh, wieder zu Hause zu sein. Sie hatte sich nie wohlgefühlt, wenn sie von der Ranch fort war. Lange Jahre war sie im Osten zur Schule gegangen und hatte sich zurückgesehnt nach Alamitos, nach den weiten Ebenen ihrer Ranch, nach dem schönen, wilden, freien Land.

Das hier war ihre Heimat, ihr Leben, hier hatte sie sich immer geborgen und sicher gefühlt. Aber jetzt war diese Sicherheit plötzlich bedroht, und zwar auf eine Weise, die sie nie für möglich gehalten hatte.

Als ihr Vater und ihr Onkel in den Westen gekommen waren, hatte es noch keine Grundbuchurkunden gegeben. Sie waren auch nicht nötig. Das Recht hörte dort auf, wo das Wasser und das Gras aufhörten, und davon war genug vorhanden. Wem es gefiel, der nahm es in Besitz. Niemand machte einem dieses Recht streitig, bis auf die herumstreunenden Indianerbanden.

Colonel Carrigan, ihr Vater, hatte das Land von den Indianern erworben. Die Ranch war ihr Eigentum. Erst diese Reise nach Santa Fé hatte ihr gezeigt, auf wie unsicherem Grund sie ihr Leben aufgebaut hatte.

Nancy zog eine Karte hervor, die ihr Vater mit der

ihm eigenen Sorgfalt gezeichnet hatte: Das Gebiet der Ranch lag südlich der neuen Eisenbahnstrecke und zog sich bis an den Fuß der Datil-Berge hin.

Aber es gehörte ihr nicht mehr. Nur weil ihr Vater versäumt hatte, seine Rechte verbriefen zu lassen.

Jetzt war es zu spät dazu. Ströme von landlosen Farmern kamen mit der Bahn nach dem Westen, auf der Suche nach Ackerboden. Und die Regierung hielt ihre schützende Hand über die Menschen, die den Westen urbar machen sollten.

Das Land um die Wasserlöcher würden sie zuerst mit Beschlag belegen, überlegte Nancy. Und ohne Wasser war die Ranch verloren, selbst wenn ihr noch der größte Teil der Weiden blieb.

Wenn es not tat, würden die Rinder zwar meilenweit laufen, um Wasser zu bekommen. Aber auch da gab es Grenzen. Außerdem verloren die Tiere Gewicht, wenn sie zu lange Entfernungen zwischen Weide und Wasser zurücklegen mußten.

Nancy hatte aus diesem Grund schon ein paar halbtrockene Wasserlöcher ausbohren und zu neuen Viehtränken machen lassen. Und jetzt machten gerade diese Wasserstellen ihre Ranch so attraktiv für die ins Land strömenden Siedler.

Mit einem schweren Seufzer faltete sie die Karte wieder zusammen und ging aus dem Haus.

Der Vormann Ed Flynn stand beim Pferdecorral und sprach mit Pete Gaddis.

»Ed«, rief Nancy. »Komm doch bitte einen Augenblick.«

Sie setzten sich auf die Hausveranda, und Juana, das mexikanische Hausmädchen, brachte Kaffee.

Mit kurzen Worten schilderte Nancy ihrem Vormann die unsichere Rechtslage der Ranch, die ihren Besitz herrenlos machte, zum Freiland für jeden Siedler, dem es gefiel, sich hier ansässig zu machen.

»Wir müssen schnell handeln, Ed«, sagte Nancy schließlich. »Die einzige Möglichkeit ist, auf alle Wasserstellen einen Besitzanspruch anzumelden. Jeder von unseren Jungen soll in Santa Fé eine der Wasserstellen als Siedlungsland buchen lassen. Wenn die ganze Sache erledigt ist, kaufe ich das Land von ihnen wieder zurück.«

Ed Flynn nickte. »Gute Idee. – Ich fürchte, es fällt auf, wenn wir alle plötzlich in die Stadt reiten.«

»Du kannst es für alle erledigen«, sagte Nancy entschieden. »Du reitest nach Horse Springs und nimmst von dort die Stage nach Santa Fé. Das fällt am wenigsten auf.«

Ed nickte. »Diese verdammte Eisenbahn«, sagte er grimmig.

»Ja.« Nancy blickte in das Tal hinunter, durch das sich der Schienenstrang zog. Die Eisenbahn hatte ihr Leben gründlich verändert.

Zuerst hatten sie allerdings eine schöne Stange Geld verdient. Die Arbeiter brauchten Fleisch, und sie hatten der Eisenbahn eine Menge Rinder geliefert. Aber seit die Bahn fertig war, kam allerlei Gesindel in die Gegend.

Der dicke, rotgesichtige Mann im Zug fiel ihr ein, der sie so unverschämt angestarrt hatte, als sie ausstieg. Ein Großstädter aus dem Osten, der Kleidung und dem Aussehen nach.

Was wollte er hier? Warum hatte er sie so angesehen? Wußte er vielleicht, wer sie war, und warum sie nach Santa Fé gefahren war?

3

Kettleman blieb plötzlich stehen, als er den Mann im Gebüsch liegen sah. Ein paar Sekunden stand er regungslos, dicht hinter einem dicken Fichtenstamm. Und erst als er sicher war, daß der Mann alleine war, ging er langsam näher.

Der Mann lag auf dem sanft ansteigenden Boden in einer flachen Mulde. Kettleman kniete bei ihm nieder und drehte ihn auf den Rücken. Er war nicht tot, obwohl er aus der Schußwunde unter seinem Arm viel Blut verloren hatte.

Als Kettleman versuchte, das Blut mit seinem Taschentuch zu stillen, schlug der Verwundete die Augen auf und sah ihn erschöpft an.

»Wer sind Sie?«

»Das hat mich Nugent auch schon gefragt. Sie sollten besser diese Gegend verlassen. Er kommt bestimmt zurück.

Stöhnend richtete sich der Mann auf. »Ich weiß«, sagte er, »Nugent will mich umbringen.«

»Sie werden es schon schaffen. Sie kennen ja die Gegend hier. Ich muß weiter.«

»Sie könnten mir ruhig helfen«, sagte der Mann vorwurfsvoll. »Hilfsbereit sind Sie nicht gerade.«

»Wundert Sie das? Ich habe mich um Sie gekümmert, und Sie haben nicht einmal danke gesagt.« Kettleman schulterte wieder sein Gepäck und die beiden Gewehre und ging weiter, ohne sich noch einmal nach dem Mann umzusehen.

Nach einigen hundert Metern wechselte er die Richtung. Der Wald wurde dichter und stärker. Eine Stunde später hatte er die Hügelkuppe erreicht. In der Ferne sah er die dunklen Rauchwolken einer Lokomotive. Die Luft war klar und kühl, und er atmete tief ein. Der Himmel war hellblau, mit ein paar dünnen weißen Wolken befleckt. Ein herrlicher Tag, dachte Kettleman, ein herrliches Land …

Schade, daß ihm so wenig Zeit blieb, es zu genießen.

Zum erstenmal spürte er eine tiefe Bitterkeit gegen das Schicksal. Mit festen, weit ausholenden Schritten ging er weiter. Es hatte keinen Zweck mehr, irgend etwas schön zu finden, sich an irgend etwas zu verlieren. Und wenn es nur eine Landschaft war.

Etwas später mußte er eine längere Rast einlegen, obwohl er sich vorgenommen hatte, den Weg, der vor ihm lag, ohne Pause zurückzulegen. Aber der Marsch hatte seine Kräfte fast verbraucht. Er war anstrengender gewesen als die langen Fußmärsche, die er bei seinen Jagdausflügen in Virginia gemacht hatte. Das Gelände hier war uneben und felsig, und er war jetzt hoch über der Bahnstrecke.

Gegen Mittag kam er aus dem Wald heraus und überquerte ein weites Plateau, das kleine Seen und Tümpel aufwies. Und dann blickte er auf die Gegend hinunter, die das Ziel seiner Reise war: die erstarrten Lavaströme, die sich wie fette, gigantische Schlangen durch die Landschaft wanden, schwarze, tote Gesteinsmassen, die aussahen wie eine Hölle, in der das Feuer ausgegangen war.

Es war ein Bild grenzenloser Verlassenheit. Es war entstanden, als Mount Taylor und El Tintero ihre Krater geöffnet und flüssiges Feuer in das Tal ergossen hatten, so daß die Indianer entsetzt geflohen und nie wieder zurückgekehrt waren. In der erstarrten Lavamasse hatten sich kleine grüne Inseln gebildet – hohe, unpassierbare Wälder waren die Bergflanken herabgekommen, hatten sich geteilt, um dann wieder zusammenzufließen.

Und eine dieser grünen Inseln in der weiten Mondlandschaft der Lavaströme war Flints Unterschlupf gewesen.

Er erinnerte sich an den Abend, als Flint ihm von diesem Versteck berichtet hatte, und er konnte sich an jedes Wort, an jede Einzelheit der Beschreibung entsinnen.

Ein enger, gewundener Weg führt zwischen haushohen Lavawänden hindurch. Selbst an den breitesten Stellen kann man die Wände noch mit ausgestreckten Armen berühren.

Am Ende der engen Serpentine liegt eine grüne Oase, die von steilen Lavawänden umschlossen ist. An die jenseitige Wand hat Flint eine Hütte aus riesigen, rohen Lavablöcken gebaut. Unweit dieser Hütte ist der Zugang zu einem natürlichen Tunnel durch die Lavamasse, etwa hundert Meter lang, der zu einer zweiten, wesentlich größeren Lichtung führt. Sie ist dicht bewaldet und mit hohem Gras bewachsen, und ein kleiner Bach fließt hindurch. Flint hat hier vier Pferde ausgesetzt: einen Hengst und drei Stuten.

Kettleman legte sein Gepäck ab und musterte prüfend die wild zerklüftete Landschaft, die unter ihm lag.

Die Sonne begann bereits zu sinken. Es war unwahrscheinlich, daß er Flints Oase heute noch finden würde. Kettleman setzte sich auf den felsigen Boden, den Rükken gegen einen rauhen Kiefernstamm gelehnt. Er war plötzlich müde, todmüde und ausgepumpt. Die Enttäuschung, daß er es an diesem Tage doch nicht geschafft hatte, machte die Anstrengung fühlbar, die ihm der harte, lange Anstieg abgefordert hatte.

Ein Gefühl der Übelkeit ergriff ihn, zugleich mit der Angst, daß die furchtbaren Schmerzen wiederkehren würden.

Die Schatten wurden länger und dunkler. In den Tälern war es schon Nacht. Der Himmel zeigte ein eigenartiges tiefes Blau, an dem ein paar Sterne leuchteten wie matte Lampen.

Der Schmerz kam nicht, und sein Atem wurde leichter und ruhiger. Aber er rührte sich immer noch nicht.

Er wartete. Das harte Geräusch von Hufschlägen störte ihn auf. Er wandte den Kopf und sah einen einzelnen Reiter den Pfad entlangkommen. Hinter ihm folgte eine kleine Rinderherde. Drei weitere Reiter bildeten die Nachhut. Kettleman rührte sich nicht. Es war unwahrscheinlich, daß die Reiter ihn bemerken würden, wenn er ruhig sitzen blieb. Und es schien ihm nicht ratsam, sie auf sich aufmerksam zu machen. Er konnte sich denken, warum die vier Männer das Vieh ausgerechnet um diese Tageszeit forttrieben.

Der letzte der drei Nachhutreiter hielt einen ziemlichen Abstand von der Herde, und als er sich dicht vor Kettleman befand, hielt er das Pferd an.

Kettleman hörte das leise Knarren des Sattelleders, als der Mann sich umwandte.

Er rührte sich nicht. Er zog nur behutsam seine Schrotflinte heran und richtete den Lauf auf den Reiter.

Ein Streichholz flammte auf. Aber in dem kleinen Schein der Flamme sah er kein Gesicht, nur eine Hand. Der Reiter hatte das Streichholz weit von sich weg gehalten, um Kettlemans Schuß auf die Flamme zu lenken.

Der uralte Trick amüsierte Kettleman. Aber er rührte sich nicht. Die Flamme erlosch, und der Reiter riß ein neues Streichholz an. »Sieht so aus, als ob Sie nicht auf mich schießen wollen«, sagte er gemütlich.

»Dann können wir uns ja ein bißchen unterhalten«, erwiderte Kettleman. Der Reiter steckte sich mit dem brennenden Zündholz eine Zigarette an, und für ein paar Sekunden sah Kettleman ein hageres, hartknochiges Gesicht. Dann wurde die Flamme ausgeblasen, und nur die Zigarette glühte im Dunkel.

»Mein Pferd hat Sie entdeckt«, sagte die Stimme. »Ist sein Gewicht in Gold wert, dieser Gaul. Hat Sie gleich gerochen. Wenn Sie ein Pferd wären, hätte er gewiehert. Wenn Sie eine Kuh wären, wäre er Ihnen auf den

Pelz gerückt. Und wenn Sie ein Bär oder ein Puma wären, wäre er ausgerissen. Also müssen Sie ein Mensch sein.«

Kettleman antwortete nicht. Er war neugierig, was der andere jetzt tun würde.

»Nun, sagen Sie schon mal etwas.« Die Stimme klang vorwurfsvoll. »Wie können wir zu einem vernünftigen Gespräch kommen, wenn Sie keinen Ton sagen. Ich hätte wenigstens gern gewußt, wer Sie sind.«

Kettleman fand, daß der Mann eine Antwort verdient hatte. »Ich bin ein Mensch, der sich um seinen eigenen Kram kümmert«, sagte er, »und das erwarte ich auch von anderen.«

»Sie sind wohl nicht von hier, was?«

»Wieso?«

»Ihre Sprache«, sagte der Reiter. »Sie reden, als wenn Sie mal zur Schule gegangen wären. So was findet man kaum in dieser Gegend.«

»Man braucht es auch sicher nicht«, sagte Kettleman anzüglich, »jedenfalls nicht in Ihrem Beruf.«

»Sie denken, ich bin ein Viehdieb, was?«

Kettleman antwortete nicht.

»Na ja«, gab der Mann zu, »ich habe schon mal ein paar Rinder geklaut, so hin und wieder. Aber das war woanders, und es ist auch schon eine Zeit her.

Ich weiß, es hört sich ein bißchen komisch an, aber ich gehöre nicht zu den dreien. Sind Bekannte von mir, wissen Sie, und ich wollte versuchen, sie zu bekehren. Habe ihnen ein paar Bibelsprüche zitiert. Außerdem, so lange sie nicht das Vieh von der Ranch klauen, auf der ich arbeite, kann es mir ja egal sein, nicht?«

Er warf die Zigarette zu Boden. Sie rollte über die Lava und verschwand in einer Bodenspalte.

»Verdammt einseitig unser Gespräch, was?« sagte er dann. »Sind Sie vielleicht einer von diesen Revolvermännern, die jetzt in diese Gegend kommen? – Ist mir auch egal, so lange Sie nicht auf die Kybar-Ranch kommen. Wir wollen nämlich unsere Ruhe haben.«

»Will ich auch«, sagte Kettleman. »Sie brauchen keine Angst zu haben, daß wir uns noch einmal begegnen.«

»Warum eigentlich nicht? In dieser Gegend trifft man sich immer wieder. Und ich bleibe in dieser Gegend. Sie nicht?«

»Vielleicht«, sagte Kettleman. »Vielleicht auch nicht.«

Aus dem Dunkel kam das leise Rascheln von Papier und Kettleman wußte, daß der andere eine neue Zigarette drehte. Der ruhige, gutmütige Mann begann ihm sympathisch zu werden.

»Sie sind doch aus dem Osten, nicht?« fragte er jetzt. »Sind Sie vielleicht ein Freund von Port Baldwin?«

»Nie gehört, den Namen. Wohnt er hier?«

»Ja. Seit ein paar Monaten. Hat vierzigtausend Rinder mitgebracht. Wird die anderen Züchter alle hier rausdrängen, wenn Sie mich fragen.«

Port Baldwin. Kettleman hatte gelogen, als er sagte, er hätte den Namen nie gehört. Baldwin gehörte auch zu den Dingen, die er glaubte, hinter sich gelassen zu haben.

»Ist es Baldwin, der sich diese Revolverhelden kommen läßt?«

»Ich denke schon. Er und Tom Nugent.«

»Und Ihre Ranch?«

»Die Kybar-Ranch?« Der Mann lachte. »Wir brauchen so was nicht. Wir können unsere Angelegenheiten selber regeln. Der alte Colonel wußte schon, was für Leute er einstellte.«

»Wußte?«

»Ja. Er ist tot. Seine Tochter ist jetzt der Boß.«

»Kann eine Frau das denn schaffen?«

»Ich könnte mir keinen besseren Boß wünschen.«

Eine kleine Weile war der Reiter still. »Ich muß jetzt weiter«, sagte er schließlich. »Brauchen Sie was? Essen? Kaffee?«

»Danke. Ich habe alles.«

»Bloß kein Pferd. Ohne Pferd kommen Sie nicht weit in dieser Gegend.«

Er wandte sein Pferd. »Wenn Sie mich besuchen wollen, fragen Sie nach Pete Gaddis.«

Kettleman lauschte den verklingenden Hufschlägen nach und fühlte sich seltsam hingezogen zu diesem Mann.

Port Baldwin, dachte er. Die Vergangenheit läßt sich nicht abschütteln. Weshalb war Baldwin in diese Gegend gekommen, mit vierzigtausend Rindern? Baldwin hatte keine Ahnung von Rindern, und es war kaum anzunehmen, daß er plötzlich Interesse für sie haben sollte.

Gaddis' Worte fielen ihm wieder ein: »Wahrscheinlich wird er alle anderen Züchter hier rausdrängen.« Das mußte es sein. Er war nicht an Rindern interessiert, sondern am Land. Die Rinder waren nur Mittel zum Zweck.

Er rollte seine Decken aus und legte sich zum Schlafen nieder.

Gegen Morgen riß ihn ein stechender Schmerz hoch. Wie ein Messer bohrte er sich in seinen Magen, und er mußte sich übergeben. Er stand auf und machte ein kleines Feuer. Das Mondlicht tauchte die Kraterlandschaft in ein blasses, geisterhaftes Licht. Im Osten standen die Tafelberge wie gigantische Würfel, und hinter ihnen kroch langsam der Tag herauf.

Der stechende Schmerz war einem dumpfen Druck gewichen. Er fühlte sich müde, krank und ausgelaugt. Aber er mußte weiter. Mit einem schmerzhaften Stöhnen schulterte er sein Gepäck und die beiden Gewehre.

Er konnte nicht mehr weit von Flints Versteck entfernt sein. Die Lavawand war hier etwa zwanzig Meter hoch. Mühsam stolperte er über den unebenen, mit dicken Lavabrocken übersäten Pfad. Er schaffte knapp hundert Meter, bevor der stechende Schmerz wiederkehrte. Er warf den Rucksack zu Boden und lehnte sich gegen den Fels.

Eine fürchterliche Angst griff nach ihm. Auf keinen Fall wollte er hier sterben, wo man ihn finden konnte. Er wollte verschwinden, spurlos und für immer.

Er wartete, gegen den Felsen gelehnt, bis der Schmerz wieder etwas abklang. Dann ging er weiter. Wenn er schon sterben mußte, wollte er mit letzter Kraft zwischen die Lavablöcke kriechen. Es würde sehr lange dauern, bis sie ihn dort fanden. Mühsam schleppte er sich den steilen Pfad hinunter. Er war etwa einen Kilometer gegangen, als der Pfad plötzlich vor einer hohen Wand aufhörte. Er hatte den Eingang zu Flints Versteck verpaßt. Es war ihm unerklärlich, aber irgendwie mußte er daran vorbeigegangen sein. Niedergeschlagen wandte er sich um und ging zurück.

Es war fast Mittag, als er ihn endlich fand. Der Eingang war weder von Büschen verdeckt noch mit Felstrümmern verbaut. Und doch konnte niemand vermuten, daß der schmale Spalt, der in der Lavawand klaffte, etwas anderes sein sollte als einer der vielen Risse, mit denen die Wand übersät war. Selbst aus zwei, drei Schritt Entfernung konnte man glauben, der Spalt sei nicht weiter als eine Handbreit. Eine optische Täuschung, hervorgerufen durch die weit vorgeschobene linke Kante des Eingangs, die sie fast verdeckte. Nur aus einem ganz bestimmten Blickwinkel sah man die täuschende Felsformation in der richtigen Perspektive. Kettleman war dreimal vorbeigegangen, ohne den Zugang zu bemerken. Und selbst dann hatte er zunächst den Eindruck, als ob es sich nur um einen tiefen Riß handele, der nach zwei, drei Metern endete. Man mußte schon tiefer eindringen, um zu erkennen, daß es ein langer, enger Gang war, der sich in engen Kurven und Biegungen zwischen den steilen Lavawänden hindurchwand.

Kettleman ging wieder zurück auf den Pfad. Eine Weile musterte er die gegenüberliegenden Hänge des Tafelberges. Keine Bewegung. Niemand beobachtete ihn. Sorgfältig beseitigte er die wenigen, kaum wahrnehmbaren Spuren, die seine Stiefel auf dem Lavagestein hinterlassen hatten. Dann schritt er durch den engen Gang, der zu Flints Versteck führte.

Er ging fast eine Stunde lang zwischen haushohen Lavawänden hindurch. Hier und dort stießen sie über ihm zusammen und bildeten einen dunklen Tunnel.

Und dann öffneten sie sich plötzlich. Kettleman blieb stehen, überwältigt von der stillen Schönheit der grünen Oase, die vor ihm lag. Ein runder Kessel, eingeschlossen von hohen Lavawänden, deren obere Ränder vorsprangen.

Ein kleines Rinnsal floß durch das Tal. Es gab ein Dutzend Obstbäume, die Flint gepflanzt hatte, und ein kleines Feld von Chia, einer Getreideart, die von den Indianern gern gegessen wird.

Langsam überquerte er das Tal und ging zu Flints Hütte, die an die gegenüberliegende Lavawand gebaut war. Sie stand in einer Mulde der Felsmauer, und überhängendes Lavagestein bildete ein natürliches Dach. Kettleman öffnete die dicke Bohlentür und trat hinein.

Der Raum war größer, als er erwartet hatte. An der gegenüberliegenden Wand standen zwei Bettgestelle. Davor befanden sich ein Tisch und zwei Stühle. Rostige Haken waren in die Wand getrieben, und neben der Tür war eine Bank mit einem Waschbecken.

In der Ecke stand ein Besen. Kettleman fegte den dicken Staub von einem Bettgestell und warf sein Gepäck darauf. Dann kehrte er sehr sorgfältig den Boden. Er machte ein Feuer, kochte sich Tee und eine Brühe. Nachdem er gegessen hatte, ging er hinaus, setzte sich auf die Türschwelle und sah auf sein kleines, grünes Tal hinaus.

Dies war sein Reich. Hier wollte er sterben.

4

Er saß auf der Schwelle der Felsenhöhle und sah in den Abend hinaus. Ein leichter Wind raschelte in den Nadeln der Kiefern, die Luft war frisch und kühl. Dies war Flints Zuhause, dachte er. Hier hat er gelebt.

Eine lange Wegstrecke hatte er Flint begleitet. Drei Jahre lang. Es waren immer einsame, unbekannte Wege, über die Flint ihn geführt hatte. Alte Indianerpfade, die kein Mensch mehr kannte. Wo immer dieser eigenartige, schweigsame Mann hinging, zu jedem Ort wußte er seinen eigenen, nur ihm vertrauten Weg. Manchmal hatte er tagelang kein Wort gesprochen, erinnerte sich Kettleman. Schweigend waren sie geritten, und um ihre Lagerfeuer lastete eine fast drückende Stille.

Er erinnerte sich an den durchdringenden Geruch feuchten Zedernholzes, das scharfe Krachen von Kiefernscheiten, das tiefrote Verglühen der Asche. Bis zu den äußersten Grenzen der Zivilisation war er mit Flint geritten. Durch Gebiete, die nur die herumstreifenden Indianer kannten. Drei Jahre lang. Und Flint hatte ihm nie gesagt, was er eigenlich trieb, oder was ihn trieb. Immer hatte er ihn irgendwo zurückgelassen und war das letzte Stück zu seinem Ziel allein geritten. Ein paar Tage später war er plötzlich wieder aufgetaucht, und sie waren weitergezogen, einem neuen Ziel entgegen, das nur Flint kannte.

Und dieses Ziel lag nie in den Städten. Flint haßte Städte. Selbst wenn er nichts zu tun hatte, ging er nicht in die Saloons und Spielhallen, wie andere Männer. Zur Erholung ritten sie in die entlegensten, wildesten Gegenden, und dann erzählte ihm Flint manchmal stundenlang von der Wüste, von den Bergen, davon, wie man sich in jeder Landschaft zurechtfand, wie man überleben konnte.

Schwerfällig erhob sich Kettleman und ging zu dem kleinen Bach. Er blieb eine Weile stehen und sah dem Wasser zu, das glucksend über die runden Steine lief.

Das schmerzhafte Nagen in seinem Magen war nicht vergangen. Und er fühlte, daß es jetzt nie mehr vergehen würde. Er hatte nicht mehr viel Zeit.

Aber irgendwie störte ihn das nicht mehr. Alle Spannung war gewichen, als sei die Ruhe des Tals auf ihn übergegangen.

Es war schon tief in der Nacht, als er sich schlafen legte. Er schlief tief und traumlos. Die Morgenkühle weckte ihn wieder auf. Er setzte sich auf den Bettrand und steckte die Pfeife an.

Das Mädchen im Zug fiel ihm plötzlich ein. Er wußte nicht warum.

Gaddis fiel ihm ein. Er mochte diesen Menschen, denn er hatte diese langsame, leichte, etwas ironische Art zu sprechen, die ihm gefiel.

Also irgendeine Schweinerei war hier im Anzug. Der Semmelblonde im Zug ein Revolverheld wie aus dem Bilderbuch.

Port Baldwin, ein schlauer, gerissener, gefährlicher Mann. Ein Manager, der nichts ohne ein klar gestecktes Ziel tat, mit einer Vergangenheit, die zehn Leben füllen könnte. Im Bürgerkrieg hatte er als Blockadebrecher ein Vermögen verdient. Den Nordstaaten hatte er Baumwolle aus dem Süden verkauft, den Südstaaten Waffen aus den Fabriken des Nordens. Und Informationen hatte er nach beiden Seiten geliefert.

Ein Mann wie Baldwin würde sich nie mit Rinderzucht abgeben. Da mußte irgend etwas anderes dahinterstecken.

Aber das kümmert mich nicht mehr, dachte Kettleman. Er klopfte die Asche aus seiner Pfeife und trat vor die Tür. Nach dem Frühstück teilte er sich seine Tagesarbeit ein. Vor allem wollte er den Gang finden, der zu dem zweiten Tal führte, in dem Flint die Pferde ausgesetzt hatte...

Er erwartete nicht, die Pferde noch vorzufinden. Es gab zwar genug Futter für sie auf der kleinen Oase, hatte ihm Flint versichert, und auch Wasser war da. Aber fünfzehn Jahre waren eine lange Zeit für ein Pferd.

Es lohnte sich jedoch, nachzusehen, denn er brauchte ein Reittier. Seine Lebensmittel reichten drei Tage, höchstens vier. Außerdem mußte er die Kisten mit den Büchern abholen, die er nach Alamitos vorausgesandt hatte. Vielleicht war auch Post da ...

Flint hatte ihm keine genauen Angaben über den Zugang zu seinem ›Pferdetal‹ gemacht. Er wußte nur, daß er irgendwo neben der Hütte liegen mußte. Trotzdem dauerte es Stunden, bis er ihn endlich gefunden hatte.

Neben der Hütte hatte Flint einen kleinen Stall gebaut. In der gleichen, einfachen Bauweise: eine Mauer aus rohen Lavablöcken, die eine kleine Höhlung in der steilen Wand abschloß, gerade groß genug für zwei Pferde.

An der Rückwand war eine breite Futterkrippe aus dicken, altersdunklen Bohlen. Als er sich auf das Holz stützte, schwang sie plötzlich an verborgenen, quietschenden Angeln nach außen und gab einen engen, hohen Tunnel frei.

In einer kleinen Nische der Tunnelwand fand Kettleman ein paar Kerzen. Er steckte eine davon an und zog die Futterkrippe wieder vor den Eingang. Dann ging er langsam in das Dunkel.

Die Tunneldecke war über zwei Meter hoch und fast doppelt so breit. Nach hundert Metern sah er den ersten Lichtschimmer.

Er blies die Kerze aus und blinzelte in den Talkessel, der wie ein etwas verwilderter Park aussah, aber gutes

Weideland abgab. Vor der gegenüberliegenden Wand lag ein kleiner Kiefernhain. An dem Bach wuchsen Weiden, und hier und dort sah er breitkronige Cottonwoodbäume. Und zwischen den Bäumen sah er die Pferde ...

Er trat aus dem Tunnelausgang heraus. Sieben Stück, zählte er.

Eine große, falbe Stute warf ihren Kopf hoch und schnaubte aufgeregt.

Kettleman ging zwei, drei Schritte auf sie zu, blieb wieder stehen. Sie trabte auf ihn zu, verhielt und scharrte aufgeregt mit den Vorderhufen.

»Brauchst keine Angst zu haben«, sagte Kettleman mit ruhiger, leiser Stimme. »Ich tue dir nichts.«

Sein Blick ging zu den anderen Pferden. Alles junge Tiere, zwei Dreijährige, zwei Vierjährige, die anderen wenig älter. Nur die große Stute sah aus, als wenn sie noch zu den Tieren gehörte, die Flint ausgesetzt hatte.

Er ging langsam auf sie zu, lockte sie mit der ruhigen, fast zärtlichen Stimme, mit der Flint zu seinen Pferden gesprochen hatte.

Die Stute warf den Kopf hoch und sah zu ihm hin, als wenn sie sich der Stimme erinnerte. Aber konnte sie sich erinnern?

Manche Menschen glauben, daß Pferde ein gutes Gedächtnis haben, andere behaupteten das Gegenteil. Er rief die Stute noch einmal, ging dabei langsam auf sie zu und hielt ihr auf der ausgestreckten Hand ein Stück Zucker hin.

Die Pferde schnaubten ängstlich und zogen sich langsam vor ihm zurück. Nur ein junger, dunkelbrauner Hengst blieb stehen, ließ ihn nicht aus den Augen, als wollte er seine Herde schützen.

Die alte Stute blieb regungslos stehen. Kettleman sprach sanft auf sie ein. Er war jetzt nur noch ein paar Schritte von ihr entfernt.

Die alte Stute trat zwei, drei vorsichtige Schritte auf ihn zu.

Mit weit vorgestrecktem Hals zog sie Luft in die Nüstern.

Ruhig, ohne das Tier aus den Augen zu lassen, ging Kettleman einen Schritt näher. Der Hengst scheute, machte auf der Hinterhand kehrt und trabte ein paar Meter zurück. Die Stute blieb unbeweglich stehen. Aber Kettleman spürte ihre Nervosität, verhaltene Angst. Er durfte sie jetzt nicht erschrecken.

Unendlich langsam, mit kaum wahrnehmbaren, ruhigen Bewegungen ging er näher, und in dem Augenblick, als sie fortlaufen wollte, warf er ihr den Zucker zu.

Die Stute warf den Kopf hoch, trat aber nur ein paar Schritte rückwärts. Dann kam sie vorsichtig zurück, die Nase im Gras, um zu sehen, was er ihr zugeworfen hatte.

Sie fand den Zucker und nahm ihn vorsichtig zwischen die Zähne. Kettleman widerstand der Versuchung, sie jetzt zu berühren. Es war noch früh am Tag, und er hatte sich ein Buch mitgebracht.

Er setzte sich auf einen flachen Stein und begann zu lesen. Die Pferde fanden sich rasch mit seiner Gegenwart ab und weideten weiter. Nur der junge Hengst trabte noch ein paarmal nervös um ihn herum. Dann war auch er beruhigt.

Nach einer Stunde legte Kettleman das Buch zur Seite und sah sich gründlich um.

Der Talkessel war fast ein exaktes Oval, von über hundert Meter hohen Lavawänden umschlossen. Der kleine Bach, der quer durch das Grasland floß, kam von derselben Quelle, aus der das Wasser bei seiner Hütte stammte. Irgendwo unter der Lava floß es von dieser Lichtung zu der anderen.

Kettleman war sicher, daß er nach Flint der erste Mensch war, der dieses Tal betreten hatte. Es mochte an den steilen, glatten Wänden ein paar Stellen geben, die ersteigbar waren. Aber es gab keine Wege für Pferde. Und kein Mann in dieser Gegend würde größere Strecken zu Fuß gehen. Warum sollte er auch?

Er nahm das Buch wieder auf und las weiter. Als es dunkel wurde, ging er ein wenig auf der Weide hin und her. Die Pferde beachteten ihn kaum noch.

Durch den Tunnel kehrte er in die Hütte zurück, kochte sich eine Fleischbrühe und aß sie langsam und mit Genuß. Und dabei fragte er sich, wieviel Zeit ihm noch blieb …

Pete Gaddis lehnte bequem an der Mahagoni-Bar des Divide-Saloons. Es war noch früh am Abend, und er war erst vor ein paar Minuten in die Stadt zurückgekommen. Es waren ein Haufen Fremde im Saloon, hatte er mit einiger Beunruhigung festgestellt. Die meisten gehörten sicher zu Baldwins Leuten.

Red Dolan, der Wirt trat zu Gaddis und verschränkte seine großen, roten Hände auf der blanken Holzplatte. »Verdammt unangenehme Burschen«, sagte er mit einem Seitenblick auf Baldwins Männer.

Gaddis nickte. »Buck Dunn ist in der Stadt.«

Dolan nahm die Zigarette aus dem Mund. »Das bedeutet, daß jemand sterben wird«, sagte er ruhig. Seine Zigarre war ausgegangen, und er steckte sie wieder an. »Aber nicht hier. Buck Dunn ist nicht mehr in Alamitos. Er ist nach Süden geritten, schon vor Tagesanbruch.«

Gaddis runzelte die Stirn. Es war natürlich ein Zufall, beruhigte er seinen aufsteigenden Verdacht, daß Ed Flynn ebenfalls am Morgen losgeritten war. Und daß Horse Springs ebenfalls südlich von Alamitos lag. Aber je mehr er über den möglichen Zusammenhang nachdachte, desto nervöser wurde er. Flynn, der Vormann der Kybar-Ranch, war ein erfahrener Mann, nicht leicht zu übertölpeln. Aber einem Berufsmörder wie Buck

Dunn war er nicht gewachsen. Auch nicht, wenn Buck Dunn ihm eine Chance geben sollte. Und Gaddis war sicher, daß er das nicht tun würde.

»Verdammte Bande«, sagte er mit einem Seitenblick auf Baldwins Männer. »Daß es einem Menschen Spaß machen kann, andere umzulegen.«

Red Dolan nickte gedankenvoll, und seine Gedanken gingen zurück in die Vergangenheit. »Sind eine eigene Rasse, diese Kerle«, sagte er nachdenklich. »Ich kannte mal einen, so fünfzehn Jahre ist das her.« Er kaute an seiner Zigarre. Sie war wieder ausgegangen. »Für ihn war es eine Art Krieg, glaube ich. Er fühlte sich als Soldat, wenn er andere umbrachte.«

»Was ist aus ihm geworden?«

Dolan streifte die Asche von der kalten Zigarre. »Er ist verschwunden. Spurlos. Niemand hat wieder etwas von ihm gehört.«

Gaddis sah ihn aus den Augenwinkeln heraus an: »Ein Freund von dir?«

Dolan zuckte die Schultern, »Wir mochten uns. Er war nicht der Typ, der Freunde hat.« Er machte eine kurze Pause. »Höchstens der Junge …«

Er kaute an dem kalten Zigarrenstummel, die Stirn in nachdenkliche Falten gezogen.

»Damals war ich in Abilene«, fuhr er leise fort. »Der Junge kam zu mir und wartete auf Flint. Flint kam ein paar Monate später in die Stadt. Ich habe die beiden nie zusammen gesehen. Aber als Flint wieder fortging, verschwand auch der Junge.«

Pete Gaddis zog den Tabaksbeutel aus der Tasche und drehte sich eine Zigarette. »So ein Mann kann keine Freunde haben«, sagte er, als er sie angezündet hatte. »In dem Geschäft darf man selbst einem Freund nicht trauen.« Er blies die Asche von der Zigarette. »Dieser Buck Dunn – bist du sicher, daß er nach Süden geritten ist?«

Dolan blickte auf seine kalte Zigarre. »Bei diesen Sachen bin ich nie sicher«, sagte er nachdenklich. »Es ist besser, zu wenig zu wissen, als zuviel.«

Gaddis leerte sein Glas, ließ die Zigarettenkippe in das Sägemehl auf dem Boden fallen und trat sie sorgfältig mit dem Absatz aus.

»Heute nachmittag war Bud hier.« Dolan hatte das Gefühl, seine Zurückhaltung mit einer anderen Neuigkeit wettmachen zu müssen. »Er quasselte etwas von einem Fremden, der mit Tom Nugent aneinandergeraten ist.«

Gaddis sah interessiert auf. »Ein Fremder?«

»Ein großer, dunkelhaariger Mann«, antwortete Dolan. »Er hielt Nugent eine Schrotflinte auf den Bauch und sagte ihm, er sollte sich zum Teufel scheren.«

Gaddis kicherte amüsiert. »Das hätte ich sehen mögen.« Er schüttelte den Kopf. »Wie kann man sich mit dem alten Feuerfresser Nugent anlegen.«

»Diesmal hat er sich verschluckt«, sagte Dolan trocken. »Der andere hat ihn von seinem eigenen Land gejagt.«

Pete Gaddis zog die Hutkrempe ins Gesicht, tippte zum Abschied mit dem Finger daran und ging zur Tür.

Ein Fremder, dachte er, als er auf die dunkle Straße trat. Natürlich, es brauchte nicht der Mann zu sein, den er getroffen hatte.

Seit einiger Zeit gab es eine Menge Fremde in der Stadt. Aber trotzdem …

Er überquerte die Straße und ging langsam den Gehsteig entlang, auf seinem Gesicht lag ein nachdenklicher Ausdruck. Er wußte, daß Nugent den Siedler gejagt hatte, der sich auf seinem Land breit gemacht hatte. Und der Mann war nach Osten geflohen. Also mußte auch der Fremde sich ostwärts der Stadt aufhalten, in der Nähe der Lavabetten. Es war unwahrscheinlich, daß mehrere Männer in diese gottverlassene Gegend gezogen waren, überlegte Gaddis weiter. Also war der

Fremde, der Nugent getroffen hatte, derselbe, mit dem er heute abend gesprochen hatte.

Wahrscheinlich wollte er nach Süden weiter, dachte Pete Gaddis. Es war nicht anzunehmen, daß er sich einen Weg durch die Lava suchen wollte, und im Süden gab es nur einen Weg, den nach Horse Springs. Den Weg, den Ed Flynn heute morgen geritten war …

Pete Gaddis blieb stehen und blickte gedankenvoll auf seine staubigen Stiefel.

Ein bißchen viel Volk, das sich ausgerechnet heute südlich der Stadt herumtrieb, ausgerechnet an dem Tag, an dem Flynn nach Horse Springs geritten war, um die Eintragungen im Grundbuch machen zu lassen.

Buck Dunn und dieser Fremde mit seiner Schrotflinte …

Langsam ging Pete Gaddis weiter; er war jetzt ernsthaft in Sorge um Ed Flynn.

Es dauerte drei Tage, bis Kettleman die alte Stute dazu bekam, den Zucker aus seiner Hand zu nehmen. Aber mit dieser Geste schien das Mißtrauen des Tieres auch endgültig gebrochen. Sie ließ es zu, daß er sie streichelte und ihr den Rist kraulte. Eine Stunde darauf hatte er ihr einen Zaum angelegt, etwas später den Sattel.

Sie machte ein hohles Kreuz, als sie das Gewicht des Sattels spürte. Aber nur einen Augenblick. Es schien, als kehrten alte Erinnerungen wieder.

Der rotbraune Hengst blieb weiter mißtrauisch. Aus sicherer Entfernung beobachtete er Kettleman und die Stute, schüttelte mißbilligend seine Mähne und scharrte mit den Hufen. Einmal sprengte er in scharfem Galopp auf die beiden zu, machte plötzlich kehrt und lief wieder zurück. Er war empört über den Einbruch in sein Reich. Aber er hatte auch Angst.

Mit ruhigen, sicheren Bewegungen kämmte Kettleman die verfilzte Mähne der Stute aus, riß die Kletten aus ihrem Schwanz und säuberte die Hufe. Es war lange her, daß er ein Pferd versorgt hatte, aber er hatte nichts vergessen.

Während er sich mit der Stute beschäftigte, sah er immer wieder zu dem rotbraunen Hengst hinüber. Er war sicher, daß er noch nie ein so schönes Tier gesehen hatte, und er wußte, daß er es eines Tages reiten würde.

Als er in den Sattel stieg, blieb die Stute ruhig stehen. Die Erinnerung an längst vergangene Tage war zurückgekehrt, an die Tage, als Flint in ihrem Sattel saß.

Er bewegte sie zwei-, dreimal um die Lichtung, um sie an sein Gewicht und die Zügel zu gewöhnen, dann ritt er durch den Tunnel auf den Weg und schlug die Richtung nach Süden ein.

Die Post-Station von Horse Springs war ein niedriger Holzschuppen mit einem zerschlissenen Sonnensegel, dessen Haltepfosten halb verrottet waren. Wind und Wetter hatten das Holz morsch und mürbe gemacht, und das Ganze wirkte so traurig wie eine Ruine.

Die wenigen anderen Gebäude des Ortes sahen kaum besser aus. Viele von ihnen waren leer und halb verfallen. Aber es gab immer noch einen Saloon und einen Store, der Sulphur Tom Whalen gehörte.

Sulphur (Schwefel) Tom verdankte seinen Namen den unendlichen Geschichten, die er von seiner Jugend am Schwefelfluß im nordöstlichen Texas erzählte. Er war ein großer, hagerer Mann mit schmalen Schultern. Zu einer alten zerrissenen Hose trug er ein zinnoberrotes Flanell-Unterhemd. Vom Rasieren hielt er nicht viel,und sein grauer Walroßschnauzbart war mit braunen Tabakflecken verklebt. Für einen Mann, der so viele blutrünstige Erzählungen zu berichten wußte, entwickelte er ein auffallendes Talent, jede Auseinandersetzung zu vermeiden. Sogar bei den lange zurückliegenden Gefechten mit den Apachen hatte er es verstanden, strikte Neutralität zu bewahren.

Wie immer, lungerten drei, vier Herumtreiber vor dem Store herum. Zwei von ihnen hockten auf der Brüstung des gegenüberliegenden Corrals, die anderen beiden lehnten an der Wand neben der Tür, als Kettleman abstieg und die alte Stute am Pfosten festband. Ihre Blicke musterten mit offenkundiger Geringschätzung das alte Tier und blieben dann an seinem Brandzeichen hängen: Es war eine ziemlich genaue Darstellung eines Colts.

Kettleman betrat den dunklen Laden.

»Ich will meine Post abholen«, sagte er zu Sulphur Tom. »Außerdem erwarte ich eine Kiste.«

Der andere musterte ihn aus den Augenwinkeln. »Ihr Name?«

»Jim Flint«, sagte er ruhig.

Sulphur Tom nickte, ohne ihn anzusehen. »Ich habe schon auf Sie gewartet«, sagte er. Er trat durch eine Gittertür, hinter der sozusagen das Postamt lag, und nahm ein paar Briefe aus einer offenen Kiste.

Der Mann, der beabsichtigte, sich von nun an Jim Flint zu nennen, steckte sie nach einem flüchtigen Blick in die Tasche. Sein Blick fuhr suchend über die vollen Regale. »Ich brauche zwei Satteltaschen und zwei Jutesäcke, wenn Sie so was haben.«

»Ich glaube schon,« Sulphur Tom zog die Satteltaschen aus einem Regal, und nach einigem Suchen fand er auch zwei Säcke. Durch das Fenster musterte er die Stute, die draußen angebunden war.

»Komisches Brandzeichen«, sagte er.

»Wirklich?«

Vor dem Blick der kühlen, grauen Augen wurde Sulphur Tom unsicher. Er deutete auf eine Kiste, die in der Ecke des Ladens stand. »Die da ist auch für Sie. Ich möchte nicht das Pferd sein, das das Ding tragen muß.«

»Ich auch nicht.« Er hob die Kiste auf die Schulter und ging aus der Tür. Das Pferd am Zügel, schritt er die

Straße hinunter und bog um eine Ecke, hinter der ihn niemand beobachten konnte. Dort brach er die Kiste auf, verteilte ihren Inhalt auf die Satteltaschen und die Säcke und lud sie der Stute auf. Dann ging er zu Sulphur Toms Laden zurück und warf ihm einen Bestellzettel auf die Theke. »Suchen Sie mir das heraus«, sagte er kurz. Dann wandte er sich zur Tür.

Die beiden Männer, die an der Wand lehnten, unterhielten sich gelangweilt. »Ich habe ihn gesehen, als er hier war«, sagte der eine. »Du kannst mir glauben, daß es Buck Dunn ist.«

Der andere räusperte sich. »Was will denn der hier?«

»Dreimal darfst du raten. Die Leute sagen, er hat mehr Menschen umgelegt, als alle anderen zusammen.«

»Kunststück. Er hat sie in den Rücken geschossen«, sagte der andere verächtlich

»Na und? – deshalb sind sie genauso tot, oder nicht?«

Der andere nickte. »Ich möchte wissen, wem er hier ans Fell will?«

Flint ging zur Ladentheke zurück, wo Sulphur Tom seine Konserven aufgestellt hatte. »Ich nehme mir eine von den Pfirsichen«, sagte er, schnitt die Dose auf und spießte die Früchte mit dem Messer heraus.

Sulphur Tom musterte ihn verstohlen. Er hatte lange auf den Mann gewartet. Als die Post und die Kiste für Jim Flint eingetroffen waren, hatte er auf den Tag gewartet, an dem er sie abholen würde. Er hatte Flint nicht gekannt, aber er sah auf den ersten Blick, daß dieser nicht der wirkliche Flint sein konnte. Er war zu jung, und unter der Sonnenbräune saß jene eigenartige Blässe, die viele Jahre Stadtleben verriet. Aber dann fiel ihm ein, daß es auch andere Orte gab, in denen Männer nicht viel von der Sonne zu sehen bekamen: Das Gefängnis. Und gerade ein Mann wie Flint …

Aber er war einfach zu jung, um Flint zu sein. Wie hatte der andere noch mit dem Vornamen geheißen? Er wußte es nicht. Niemand hatte jemals seine Vornamen gekannt.

Und wie alt war Flint?

Auch das wußte er nicht genau. Er hatte ihn nie getroffen, aber er nahm an, daß Flint damals so um Mitte der Dreißig gewesen war, und das war schon eine Weile her. Er warf wieder einen verstohlenen Blick auf den Fremden.

Vielleicht, dachte er. Möglich wäre es schon.

»Ein guter Schütze«, sagte er laut, »könnte sich jetzt eine Menge Geld verdienen.« Sein Blick wanderte an Flint vorbei aus dem Fenster. »Ich kannte mal einen, dessen Pferde auch das Colt-Brandzeichen hatten. Aber das ist schon eine ganze Weile her.«

»Solche Sachen soll man am besten vergessen.« Flint stellte die leere Büchse auf die Theke, wusch sich die Hände im Wassereimer und wischte sie an seinen Jeans ab. Durch die offene Tür sah er eine Staubwolke auf dem Weg von Alamitos. Vier Reiter.

Die Sache paßte ihm nicht. Er hatte keine Lust, zum Stadtgespräch zu werden. Je weniger Leute von ihm wußten, desto besser. Ungeduldig beobachtete er Sulphur Tom, der ohne große Eile die von ihm bestellten Konserven zusammensuchte.

In New York wäre ihm bei solcher Trödelei längst der Geduldsfaden gerissen. Aber New York war weit weg, lange vorbei. Er hatte alles in New York zurückgelassen, was sein Leben dort bestimmt hatte: seine Geschäfte, sein Geld, seine Frau, seinen Namen. Nur den Körper hatte er mitnehmen müssen, diesen Körper, der bald sterben würde.

Über der Theke hing ein halbblinder Spiegel, und er musterte sich in dem Glas. Er sah so gesund aus, wie selten in seinem Leben, und es schien ihm unwahrscheinlich, daß ein Mensch, der so blühend ausah und sich so kräftig fühlte wie er, nur noch kurze Zeit zu leben hatte.

Aber Magenkrebs ist ein heimtückisches Leiden, sagte er sich. Und sein Arzt in New York hatte ihn darauf vorbereitet, daß er außer den gelegentlichen heftigen Schmerzen kaum irgendwelche Symptome spüren würde.

Die vier Reiter kamen in den Laden, und Flint sah mit einem Blick, daß es Krach geben würde. Die beiden, die zuerst hereinkamen, waren großmäulige Burschen, so Anfang zwanzig. Einer der beiden älteren Männer war ein Mexikaner, nur der vierte wirkte einigermaßen ruhig und zuverlässig.

»He«, brüllte einer der Jungens Sulphur Tom an. »Gib uns was zu trinken.«

»Sowie ich diese Bestellung fertig habe«, sagte Tom ruhig.

Der Junge flegelte sich auf die Theke. »Ich habe gesagt, wir wollen was zu trinken. Und zwar sofort.«

Jim Flint fühlte, wie ihm die Galle hochkam. War es die Einpörung darüber, daß dieser Flegel noch ein Leben vor sich hatte, während er sterben mußte? Oder hoffte er nur, den Kerl herauszufordern und an einer Kugel zu sterben, anstatt langsam zu verrecken?

»Das ist meine Bestellung«, sagte er bestimmt. »Warten Sie gefälligst, bis Sie dran sind.«

Der Junge fuhr herum und stürzte sich auf Flint. »Du hast wohl lange nicht ...«

Er brachte den Satz nicht zu Ende, weil er genau in Flints Haken lief. Sein Hinterkopf schlug krachend auf die Dielen, als er umfiel.

Über den reglosen Körper musterte Flint die drei anderen. »Er hat Streit gesucht«, sagte er ruhig, »und er hat ihn gefunden. Hat noch jemand Lust?«

Der andere Junge wollte etwas sagen, aber der ältere Mann schnitt ihm das Wort ab. »Sie schlagen verdammt hart zu«, sagte er. »Schießen Sie auch so gut, wie Sie boxen?«

»Sie können es ja mal ausprobieren«, antwortete Flint.

Der Mann hatte keine Lust. Er beugte sich über den Jungen, der immer noch regungslos am Boden lag. »Ob der tot ist?«

»Ich glaube nicht«, sagte Flint. Und dann, über die Schulter: »Gib ihnen was zu trinken, Tom. Auf meine Rechnung.«

Der Mexikaner drehte den Jungen mit dem Stiefel um. Der verdrehte die Augen und stützte sich stöhnend auf. Mit einem Ächzen sank er wieder zurück.

»Nehmt ihm die Pistole ab«, riet Sulphur Tom. »Er wird ganz schön wütend sein, wenn er wieder zu sich kommt.«

»Von mir aus könnt ihr sie ihm lassen«, sagte Flint.

Sulphur Tom nahm eine Flasche vom Regal und füllte die Gläser. »Für den da auch«, sagte Flint und deutete mit dem Daumen auf den Jungen.

Der Junge war gerade wieder zu sich gekommen. Mühsam richtete er sich auf, massierte sein Kinn und starrte verwundert umher. Dann erinnerte er sich, was geschehen war.

»Ihre Pistole steckt noch in Ihrem Halfter«, sagte Flint kühl, »und hier auf der Theke ist ein Whisky für Sie. Sie können wählen, was Sie wollen.«

Der Junge stand unsicher auf. Einen Augenblick war er unentschlossen, dann kam er zur Theke und stürzte seinen Drink herunter.

Als sie ausgetrunken hatten, verließen die vier Männer den Laden wieder und ritten fort.

Sulphur Tom verpackte Flints Konserven in einen Sack. »Sie hängen nicht sehr am Leben, was?«

»Sie haben es erraten«, sagte Flint, nahm seinen Sack auf und verließ den Laden. Draußen lud er seine Einkäufe auf die Stute. Das Tier war jetzt ziemlich schwer bepackt, aber es war in guter Verfassung, und er würde es den größten Teil des Weges am Zügel führen.

Die vier Reiter waren nirgends zu gehen. Aber er war nicht sicher, ob sie ihn nicht von irgendwoher beobachteten, um zu sehen, welche Richtung er einschlug.

Er nahm den Weg, der nach Westen führte, über die weite Ebene von St. Augustine.

Als er eine kleine Hügelkette erreicht hatte, tauchte er im Pattersan Canyon unter. Von dort nahm er den alten Indianerpfad über den Bergrücken zum Mangas Canyon.

Ein paarmal hielt er an und horchte, ob er verfolgt wurde; aber es blieb alles ruhig. Im Canyon fand er eine enge Schlucht, und er beschloß, hier die Nacht zu verbringen.

Er hatte kaum die Säcke von der Stute genommen, als plötzlich die Schmerzen wiederkamen. Er fiel auf die Knie, preßte beide Fäuste in die Magengrube, als wollte er den stechenden Schmerz herausdrängen. Eine halbe Stunde lang kämpfte er gegen den würgenden Brechreiz in seiner Kehle und versuchte, das Stöhnen zu unterdrücken, das ihm in die Kehle stieg.

Als das Schlimmste vorbei war und von dem stechenden Schmerz nur noch ein dumpfer Druck übrig war, machte er ein Feuer und wärmte sich eine Büchse Bohnen. Beim Essen klangen die Schmerzen ab, sie vergingen fast ganz.

Er wickelte sich in seine Decke und sah zu dem klaren Sternenhimmel empor.

Jetzt mußten sie wissen, daß er verschwunden war. Die zwei Wochen, die er von New York fortbleiben wollte, waren um. Lottie und ihr Vater würden bei dem Gedanken, daß er nicht mehr zurückkäme, nicht besonders traurig sein. Jedenfalls bis zu dem Moment, wo sie zu seiner Bank gingen und erfuhren, daß er keinen einzigen Cent auf seinem Konto gelassen hatte.

Die Vorstellung ihrer dummen Gesichter amüsierte ihn so, daß er die Hufschläge erst hörte, als sie keine dreißig Schritt entfernt waren. Er griff nach seinem Gewehr und drückte sich in das dichte Unterholz.

Das Pferd kam den Weg herunter, der durch den engen Canyon führte, und er hoffte, der Reiter würde vorbeiziehen, ohne ihn zu bemerken. Aber dann bog er plötzlich ab und kam direkt auf sein Lager zu. Dicht vor dem Feuer hielt das Pferd an, und Flint sah, daß der Reiter zusammengesunken im Sattel hing, die Hände an den Sattelknopf gefesselt.

5

Er zerschnitt den Strick, zog den Mann aus dem Sattel und legte ihn am Feuer nieder. Dann band er das Pferd fest und kam zu dem Mann zurück.

Er war mittelgroß, hatte breite Schultern und war mindestens fünfzig Jahre alt. Er trug einen schwarzen Stadtanzug, der jetzt ziemlich verstaubt war, und seinen Schuhen sah man an, daß sie kürzlich sorgfältig geputzt worden waren. Hemd und Jacke waren von getrocknetem Blut verklebt. Die Kugel war seitlich in die Brust gedrungen und hatte möglicherweise die Lunge verletzt. Erst als Flint das blutverklebte Hemd öffnete und die Wunde auswusch, entdeckte er die beiden anderen Kugellöcher.

Eine hatte den Armmuskel durchschlagen und war im Rücken wieder ausgetreten. Die dritte saß etwas tiefer. Alle drei Wunden waren auf der linken Seite.

Der Mann flüsterte etwas, aber Flint konnte kein Wort verstehen.

Er leerte ihm die Taschen aus und fand einen Brief, der an Ed Flynn auf der Kybar-Ranch adressiert war. Die Kybar, dachte er, dieselbe Ranch, auf der Gaddis arbeitet.

Bei allen drei Wunden lagen die Ausschüsse tiefer als die Einschüsse. Also hatte der Schütze höher gestanden als der Reiter. Das bedeutete, daß er ihm aufgelauert hatte.

Das Gewehr des Verwundeten war unbenutzt. Aber in seinem Revolver steckten vier leere Hülsen.

Die Wunden waren bereits verschorft. Flint schätzte, daß sie etwa vierundzwanzig Stunden alt waren. Der Mann hatte sich selbst an das Sattelhorn gefesselt, um nicht vom Pferd zu gleiten, in der Hoffnung, daß das Tier den Weg nach Hause allein finden würde.

Nachdem Flint die Wunden versorgt hatte, kochte er etwas Suppe und fütterte den Verwundeten damit.

Am nächsten Morgen war Ed Flynn immer noch bewußtlos. Flint band ihn wieder auf seinem Pferd fest, und sie machten sich auf den Weg zur Kybar-Ranch.

Der Canyon mündete auf ein weites Hochplateau. Flint sah zwei kleine Reitertrupps, die auf ihn zukamen. Einer der Trupps hatte ihn fast erreicht; es waren vier Männer. Die gleichen, denen er gestern in Horse Springs begegnet war.

Flint löste die Schlaufe, die sein Gewehr im Gewehrschuh festhielt, und schob die Pistole in den Gürtel seiner Hose. Er wußte, daß er ihnen nicht ausweichen konnte, und er hatte auch nicht die Absicht. Beim Näherkommen schwärmten sie ein wenig nach beiden Seiten aus. Es war klar, daß sie ihn aufhalten wollten. Er wußte nur noch nicht, ob sie hinter ihm her waren oder hinter Flynn.

Der Mann, den er in Sulphur Toms Laden niedergeschlagen hatte, grinste ihm höhnisch entgegen. »Ist das ein Zufall. Um dieses Zusammentreffen habe ich gebetet.«

Flint wußte plötzlich, daß sie ihn umbringen wollten. Eine kalte Wut stieg in ihm hoch.

»Sie können wohl nicht genug kriegen«, sagte er kurz. Er trieb die Stute etwas näher heran. »Was, zum Teufel, wollen Sie?«

Die Sicherheit seiner Stimme irritierte sie. Er sah den Jungen, mit dem er die Auseinandersetzung gehabt hatte, sein Pferd ein wenig zur Seite zu lenken. Der ältere Mann schob seine Hand in die Nähe des Revolverkolbens. Nur der Mexikaner saß regungslos. Er hing im Sattel und blickte Flint mit abwartenden, lauernden Augen an. Flint wartete nicht, bis sie fertig waren. Er riß die Pistole aus dem Gürtel und schoß dem Jungen in den Magen.

Einen Moment saß er völlig still und starrte Flint an. Dann glitt er seitwärts aus dem Sattel und fiel in den Sand.

Die drei anderen machten keine Bewegung.

Flint hatte sie überrascht, und das machte sie ratlos.

»Okay. Wer ist der nächste?«

Der Mexikaner blickte ihm gerade in die Augen, aber er hob seine Hände in Schulterhöhe und trieb sein Pferd ein paar Schritte zurück.

Die anderen beiden rührten sich nicht. Sie warfen nicht einmal einen Blick auf den Verwundeten, der auf dem Boden lag und leise stöhnte.

»Dem wird kaum mehr zu helfen sein«, sagte Flint, »aber versuchen könnten Sie es wenigstens.«

Die anderen Reiter hatten den Platz erreicht, und Flint ritt ihnen entgegen, das Pferd mit dem Verwundeten am Zügel.

Es waren drei Reiter. Zwei Männer und eine Frau. Einer von den Männern war Pete Gaddis, der andere ein junger Mexikaner.

Pete Gaddis' Blick glitt über das Brandzeichen der alten Stute, und sein Gesicht wurde plötzlich totenblaß unter der Bräune.

Nancy Carrigan lenkte ihr Pferd zu dem Verwundeten. »Ed«, flüsterte sie fassungslos. »Mein Gott, was ist denn passiert?«

»Er kam heute nacht in mein Lager«, sagte Flint. »Ich habe getan, was ich konnte, aber es geht ihm ziemlich schlecht.«

Sie sah zu Flint auf. »Ich kenne Sie doch«, sagte sie. »Haben wir nicht …«

»Wir haben uns nie getroffen«, sagte Flint kurz. »Der Mann muß schnell zu einem Arzt.«

Der junge Mexikaner nahm Flynns Pferd beim Zügel

und ritt voraus. Nancy Carrigan wollte Flint noch etwas sagen, überlegte es sich aber und folgte dem Mexikaner.

Pete Gaddis trieb sein Pferd an Flints Seite. »Wir haben einen Schuß gehört.«

»Stimmt.«

Gaddis warf einen Blick auf die drei Männer, die neben einem vierten standen, der am Boden lag.

»Ihre Stimme kommt mir bekannt vor«, sagte er zu Flint.

»Stimmt auch.«

Gaddis deutete mit dem Daumen auf die vier Männer. »Haben die auf Ed geschossen?«

»Ich glaube nicht. Seine Verletzungen stammen von Gewehrkugeln. Und die vier haben kein Gewehr.«

»Also wollten die was von Ihnen?«

»Wollten«, nickte Flint. »Sie kamen nicht dazu.« Er zog die Zügel straff. »Ich weiß nicht, für wen sie arbeiten, und es ist mir auch egal. Mich gehen Eure Affären nichts an.«

»Vielleicht bis heute nicht«, sagte Gaddis trocken. »Aber von jetzt an stecken Sie genauso drin wie wir alle. Dafür werden die schon sorgen.« Er sagte es mit einem Kopfnicken auf die vier Männer.

Flint wandte sein Pferd. »Adios«, sagte er und ritt fort.

Pete Gaddis zog den Tabaksbeutel aus der Tasche und begann, eine Zigarette zu drehen.

Dasselbe Brandzeichen, dachte er und starrte hinter Flint her. Er wußte, daß es unmöglich war, und doch fiel ihm keine andere Erklärung ein.

6

Er erwachte mitten in der Nacht. Sein Körper war mit kaltem Schweiß bedeckt, und ihm war so kalt, daß seine Zähne aufeinanderschlugen.

Seine Hände zitterten, als er Späne und Knüppel zusammensuchte und Feuer machte. Fünf Streichhölzer zerbrachen in seinen klammen Händen, erst das sechste brannte lange genug, um das Holz zu entzünden.

Die Feuerzungen warfen gespenstische Schatten an die kahlen Wände, aber allmählich wurde es warm, und er rückte dicht an das Feuer, die Decken bis zum Hals gezogen. Und dann wurde ihm schlecht.

Er schleppte sich an die Tür und klammerte sich an einen Pfosten. Die Übelkeit würgte ihn, als ob er ersticken müßte, und er erbrach blutigen Schleim. Nachdem es vorbei war, ließ er sich an dem Pfosten zu Boden gleiten. Er war zu schwach und zu erschöpft, um wieder in die Hütte zu gehen. Der Schweiß trocknete an seinem Körper und weißes Mondlicht glänzte auf der schwarzen, gezackten Lavawand, die das Tal umschloß.

Erst viel später fand er die Kraft, sich in die Hütte zurückzuschleppen. Er wickelte sich fest in die Decken und fiel in einen unruhigen Schlaf.

Als er erwachte, war schon heller Tag. Er kochte sich eine Fleischbrühe. Wie immer, vertrieb die Brühe die stärksten Schmerzen. Aber sie vergingen nicht ganz, und er fühlte sich zu schlapp, um irgend etwas zu tun. Er nahm einen Gedichtband und ging durch den Tunnel in den anderen Talkessel, in dem die Pferde waren.

Die Tiere hatten sich inzwischen völlig an ihn gewöhnt. Sogar der junge Hengst hatte aufgehört, bei seinem Eintritt warnend zu schnauben. Ihr Vertrauen war so groß, daß sie beim Grasen ganz nah herankamen, wenn er auf der Wiese saß und las. Die Stute wurde ihm beinahe ein wenig lästig, weil sie ständig um Zucker bettelte. Heute war es ihm sogar gelungen, dem rotbraunen Hengst Zucker zu geben. Er nahm ihn noch nicht von seiner Hand, aber als Flint ein Stück auf einen Stein legte, holte er es sich.

Die Sonne schien warm und angenehm auf seinen Rücken, und er empfand eine große, wohltuende Ruhe, das Buch glitt ihm aus der Hand und er schlief ein.

Nancy Carrigan saß an ihrem Schreibtisch und ordnete Papiere.

»Ist Flynn schon aufgewacht?«

Pete Gaddis schüttelte den Kopf.

Nancy schob ärgerlich die Papiere zusammen. Es ging ihr nicht nur darum, daß ihr alter Vertrauter Ed Flynn wieder genesen sollte. Bevor sie nicht mit ihm reden konnte, gab es keine Gewißheit, ob er vor oder nach seinem Besuch in Santa Fé überfallen worden war, ob er die Besitzansprüche ihrer Cowboys auf das Land um die Quellen angemeldet hatte oder nicht.

Von Flynn und seiner Reise gingen ihre Gedanken zu dem Fremden, der den Verwundeten zurückgebracht hatte.

»Haben Sie ihn wiedergesehen, Pete?« fragte sie, ohne Gaddis anzusehen.

Gaddis schüttelte den Kopf. »Ich glaube, der legt keinen großen Wert darauf, gesehen zu werden.«

»Ich bin ihm schon einmal begegnet«, sagte Nancy leise. »Irgendwie paßt er nicht in diese Gegend. Er wirkt zu gebildet.«

»Möglich. Aber er ist auch ganz schön gebildet mit seinem Colt«, grinste Pete Gaddis. »Ich hörte es in der Stadt; er hat das Ding so schnell gezogen, daß die vier Männer von Port Baldwin erst merkten, was los war, als der eine schon am Boden lag.« Pete Gaddis drehte sich eine Zigarette und zündete sie an. »Interessant ist …« Er brach ab und nickte Johnny Otero zu, der das Zimmer betrat.

»Was ist interessant?« fragte Nancy.

»Er hat Post in Horse Springs abgeholt«, setzte Gaddis den angefangenen Satz fort.

»Hast du seinen Namen erfahren können?« fragte Nancy.

»Nein. Ich weiß bloß …«

»Er heißt Jim Flint«, warf Otero ein. »Sulphur Tom hat es mir erzählt.«

Flint! – Pete Gaddis fühlte, wie die Zigarette in seiner Hand zitterte. Er warf sie rasch in den Aschenbecher. Also doch. – Ich muß gleich mal mit Dolan reden. – Es wäre unglaublich – Flint hatte doch mindestens ein Dutzend Kugeln im Leib. Aber niemand hatte gesehen, daß er wirklich tot war.

Als das Licht wieder anging, war er fort gewesen. Vielleicht hat der Junge ihn wieder gesund gepflegt, den er damals bei sich hatte …

Gaddis überlegte den ganzen Abend, ob Flint das Massaker von The Crossing überlebt hatte, ob er vielleicht gekommen war, um den Überfall zu rächen. Nach fünfzehn Jahren …

Und auch Nancys Gedanken kamen nicht von dem unbekannten Mann los, dem sie nur zweimal flüchtig begegnet war. Er wirkte einsam, irgendwie verbittert, überlegte sie, als sie nach dem Abendessen vor dem Ranchhaus saß und in den roten Abendhimmel blickte. Es war lange her, seit sie sich so intensiv mit einem Mann beschäftigt hatte, und die Erkenntnis beunruhigte sie. Aber das war natürlich nur weibliche Neugier, sonst nichts, redete sie sich ein.

Schließlich war das auch kein Wunder, bei einem Mann, der so gut aussah wie Flint. Aber irgendwie wirkte er kalt und hart … und sie war neugierig, ob er auch wirklich kalt und hart war. –

Jim Flint erlebte denselben Sonnenuntergang bei seinen Pferden. Der rotbraune Hengst weidete in seiner Nähe und schien sich in seiner Gesellschaft wohlzufühlen. Flint hatte sich vorgenommen, den Hengst zu reiten. Aber er konnte das Tier nicht einbrechen, wie er es früher getan hatte. Sein Magen würde die Strapazen nicht aushalten. So blieb ihm nur das langsame Gewöhnen, das freundliche Näherkommen.

Seine Gedanken wanderten zu Nancy Carrigan. Im Sattel hatte sie ihm noch besser gefallen als damals im Zug, als er sie zum erstenmal sah. Sie war viel zu schön und zu jung für die Wirren eines Ranchkrieges. Es war ein Glück, daß Gaddis bei ihr war. Er war ein anständiger Kerl und wußte, was er wollte. Aber war er intelligent genug, um es mit Port Baldwin aufnehmen zu können?

Port Baldwin war ein alter, gerissener Fuchs. Er hatte sich die Sporen als Schmuggler zwischen den Bürgerkriegsfronten verdient und war im Dschungelkampf der Politik eisenhart geworden. Es gab wenige Tricks, die Baldwin nicht kannte und nicht praktiziert hatte. Jetzt, mit vierzig Jahren, war Baldwin einer der gefährlichsten und kaltblütigsten Gegner, die ein Mensch finden konnte. Er wollte gewinnen, und jedes Mittel war ihm dazu recht.

Am nächsten Morgen wollte Flint wieder in die Stadt reiten, um weitere Vorräte einzukaufen. Er hatte zwar noch genügend zu essen, aber er mußte vorsorgen für die Zeit, in der er zu schwach sein würde, um in die Stadt zu reiten.

Er sattelte die Stute, prüfte das Gewehr und die beiden Revolver. Es war durchaus möglich, daß er wieder mit jemandem zusammenstoßen würde. Port Baldwin mußte mindestens ein Dutzend Leute angeworben haben, und er konnte sich denken, daß nach dem Zwischenfall vor zwei Tagen keiner von denen besonders gut auf ihn zu sprechen war.

Er hatte Baldwin nie getroffen, obwohl sie bei ihren New Yorker Finanzgeschäften bittere Rivalen gewesen waren.

Ein Dutzend Pferde waren vor dem General Store in Alamitos angebunden, und zwei schwere Wagen standen am Rand der Straße. Flint band sein Pferd fest und ging hinein.

Einen Augenblick blieb er in der Tür stehen. Und in dem Moment, als er den großen, breitschultrigen Mann vor der Theke erblickte, wußte er, daß es Port Baldwin war. Es war ein Riese von einem Mann, breit wie ein Kleiderschrank. Sein Gesicht war großflächig und rot geädert, und über die rechte Wange lief eine Narbe.

Flint trat an die Theke. »Post für Jim Flint?«

Baldwin wandte den Kopf nach ihm und musterte ihn scharf.

Es waren einige Briefe für ihn da, und er erinnerte sich, daß er vergessen hatte, die Post zu lesen, die er vor einigen Tagen in Horse Springs abgeholt hatte.

Baldwin trat neben ihn. »Sie sind Flint?«

Flint nickte.

»Ich bin Port Baldwin. Ich möchte mit Ihnen reden.«

»Von mir aus.«

»Nicht hier. Draußen.«

Wortlos ging Flint zum Ausgang. An der Tür hielt er an. »Gehen Sie vor.«

Baldwin zögerte ein paar Sekunden, dann ging er hinaus. Flint sah sich rasch um, bevor er ihm folgte. Drei Männer kamen die Straße herunter, zwei lehnten an einer Hauswand gegenüber.

»Sie haben einen meiner Leute erschossen«, sagte Baldwin.

»Seine Schuld.«

Baldwin zog ein goldenes Zigarrenetui aus der Tasche, bediente sich und bot dann auch Flint eine Zigarre an. »Ich möchte, daß Sie für mich arbeiten.«

»Nichts zu machen.«

»Ich zahle mehr als alle andern.«

Baldwin biß das Ende der Zigarre ab und steckte sie an. »Ich brauche Männer, die mit ihrem Revolver umgehen können.«

»Davon gibt es eine Menge.«

Baldwin war sehr geduldig. »Flint, ich glaube, Sie verstehen die Situation nicht. In dieser Gegend ist nur Raum für einen Mann – und das bin ich. Die anderen ...« Er machte eine wegwerfende Handbewegung.

»Was wollen Sie eigentlich«, fragte Flint gedehnt. »Vieh oder Land?«

Das joviale Lächeln verschwand von Baldwins Gesicht. »Das geht Sie nichts an. Wer für mich arbeitet, hat zu gehorchen und keine Fragen zu stellen.«

»Ich arbeite nicht für Sie«, sagte Flint ruhig, »und ich habe nicht die geringste Absicht, Ihnen die Kastanien aus dem Feuer zu holen.«

»Dann eben nicht.«

Aus den Augenwinkeln warf Flint einen Blick auf die Männer, die langsam wie zufällig nähergeschlendert waren.

Zu spät sah er, wie Baldwin ausholte. Er hatte nicht angenommen, daß der andere selbst eingreifen würde, und der Schlag traf ihn hinter dem Ohr und warf ihn gegen die Hauswand.

Bevor er wieder auf die Füße kam, waren sie über ihm. Einer trat ihn in die Niere, und als er aufstehen wollte, traf ihn eine Stiefelspitze an der Kniescheibe. Er fühlte einen irrsinnigen Schmerz und brach in die Knie. Zwei Männer rissen ihn hoch und ein dritter schlug eine Serie von Haken in seinen Magen.

Sein Schädel dröhnte, und er hatte den Geschmack von Blut in seinem Mund.

Er riß sich los. Ein Kinnhaken streckte einen der Männer zu Boden. Mit dem Stiefel trat er in ein Schienbein und fühlte den Knochen brechen. Aber schließlich schlugen sie ihn bewußtlos und ließen ihn liegen, zerschlagen und blutüberströmt.

Ein Mann blieb in der Nähe, und wenn Leute kamen, um Flint zu helfen, jagte er sie fort.

Es dauerte länger als eine Stunde, bis Flints Bewußtsein langsam wiederkehrte. Das Bewußtsein bedeutete zunächst scharfen Schmerz: ein dumpfes Dröhnen im Schädel und ein Stechen in der Seite.

Ein Instinkt sagte ihm, daß es am besten wäre, sich nicht zu rühren. Er hörte das Knarren von Stiefeln, das leise Klirren von Sporen, das Schnauben von Pferden. Seine Hand lag unter dem Körper, und er versuchte, die Finger zu bewegen. Es ging, aber nur mühsam. Der Handrücken schmerzte, und er erinnerte sich dunkel, daß jemand daraufgetreten war.

Er fragte sich, ob er Kraft genug hatte, auf die Füße zu kommen. Und ob sie ihn erschießen würden, wenn er versuchte, aufzustehen.

Er öffnete die Augen einen winzigen Spalt. Er lag auf der Straße, dicht neben dem beplankten Gehsteig des General-Store.

Sein Gesicht war nach der anderen Seite gerichtet. Deshalb konnte er den Wächter nicht sehen, den sie zurückgelassen hatten. Aber er hörte seine Schritte und das Klirren der Sporen.

Wenn er nur wüßte, ob sie ihm die Waffen abgenommen hatten? Und dann erinnerte er sich, daß er einen Revolver in den Hosenbund unter die Jacke geschoben hatte. Vorsichtig tastete seine Hand über die Brust und umspannte den Kolben.

Er wußte nicht, ob es ihm gelingen würde, sich aufzurichten. Aber versuchen wollte er es auf jeden Fall. Eine kalte Wut stieg in ihm auf. Es war nie leicht gewesen, ihn in Wut zu bringen. Wenn es ihn aber packte, war er brutal und gefährlich.

Er hatte sich ihre Gesichter gemerkt. Und er würde nicht eher ruhen, bis sie für diesen feigen Überfall bezahlt hatten. Alle, außer Baldwin. Baldwin sollte nicht sterben. Er gehörte zu den Männern, für die eine geschäftliche Niederlage schlimmer ist als der Tod. Ihn würde er ruinieren.

Als er seine Muskeln anspannte, um sich aufzurichten, hörte er das Rollen von Wagenrädern. Der Hufschlag der Pferde kam näher, hielt dicht vor ihm an.

»Was ist mit dem Mann geschehen?« Es war Nancy Carrigans Stimme. »Warum hilft ihm keiner?«

»Weil er zu Port Baldwin frech geworden ist«, sagte der Wächter gelangweilt.

Flint hörte, wie jemand vom Wagen zu Boden sprang. Schritte kamen auf ihn zu.

»Ich würde das lieber bleiben lassen«, warnte der Wächter. »Wenn Sie ihn anfassen, geht es Ihnen schlecht.«

»Kämpfen Sie auch gegen Frauen?« Ihre Stimme war eisig. »Sie sind wirklich ausnehmend tapfer.«

»Dann mischen Sie sich nicht ein.«

»Wollen Sie den Mann etwa da liegen lassen?«

»Nein. Wenn er wieder zu sich kommt, kriegt er nochmal dasselbe, und heute nacht schmeißen wir ihn auf den Zug – wenn bis dahin noch etwas von ihm übrig ist.«

Flint wußte, daß der Wächer jetzt zu Nancy Carrigan hinübersah. Er stemmte sich auf die Knie, den Revolver in der Hand.

Der Wächter fuhr herum und riß die Pistole aus dem Halfter.

Flint schoß. Aber seine Hand war unsicher. Die Kugel

fuhr dem Mann in die Hüfte, riß den leeren Halfter vom Gurt und schleuderte ihn gegen die Wand.

Ein anderer Mann lief auf ihn zu, und Flint schoß noch einmal. Die Kugel riß Splitter aus der Hauswand.

Der Wächter versuchte, auf die Füße zu kommen. Flint stürzte auf ihn zu und schlug ihm den Revolverlauf auf den Kopf. Er entdeckte einen anderen Revolver im Gürtel des Wächters und riß ihn heraus.

Nancy Carrigan lief auf ihn zu. »Kommen Sie auf den Wagen, schnell!«

»Nachher«, sagte Flint.

Er blinzelte mit den Augen, um den dröhnenden Schmerz in seinem Schädel zu bekämpfen, und drehte den Kopf wie ein verwundeter Bär.

Wie ein Betrunkener torkelte er die Straße hinauf. Bei jedem Atemzug verspürte er einen stechenden Schmerz in seiner Seite, sein Kopf war wie eine riesige Trommel. Er würde sterben, und es war ihm egal, ob heute oder ein paar Tage später. Aber diese Halunken sollten nicht leben, wenn er tot war. Und er kannte ihre Gesichter.

Als er den Saloon erreichte, war seine Kraft fast zu Ende. Er klammerte sich an den Türpfosten und lehnte den dröhnenden Kopf gegen die Wand. Dann richtete er sich wieder auf und stolperte, halb fallend, durch die Türe.

Baldwins Männer standen an der Bar.

Ihr Gelächter erstarb, als sie ihn sahen, ihre halb erhobenen Gläser blieben in der Luft stehen. Flint ließ ihnen genau zwei Sekunden, dann schoß er aus beiden Waffen.

Einer der Männer griff nach seinem Revolver. Flints Kugel schleuderte ihn gegen die Bar. Ein zweiter sprang in panischer Angst durch das geschlossene Fenster. Ein anderer versuchte, durch die Hintertür zu entkommen. Flint schoß ihm in den Rücken.

Bevor er wieder auf die Straße zurückging, lud er nach. Draußen sprang ein Mann aus einer Haustür und feuerte. Die Kugel schlug in einen Pfosten neben Flints Kopf.

Flints erster Schuß ging daneben. Der zweite traf den Mann ins Bein. Er versuchte, sich in Deckung zu schleppen, aber Flint schoß noch einmal, und der Mann fiel zu Boden.

Mühsam torkelte Flint vorwärts, halb bewußtlos vor Schmerz. Zweimal wäre er fast zu Boden gefallen.

Irgendwie kam er zum General-Store zurück. Seine Stute war noch dort. Und Nancy Carrigan war auch noch dort. Er wollte in den Sattel steigen. Aber jetzt verließ ihn seine Kraft endgültig. Der Horizont schien sich zu heben und in flatternde Nebel aufzulösen. Er merkte kaum noch, daß zwei Hände ihn stützten, ihn ein paar Schritte bis zum Wagen führten und auf die Plattform rollten.

Als Flint wieder zu sich kam, lag er in einem Bett, über sich sah er eine weißgetünchte Zimmerdecke. Langsam wandte er den Kopf und sah sich um.

Das Zimmer war groß und gemütlich. Drei handgewebte Teppiche lagen auf den Dielen, und gegenüber dem Bett befanden sich ein Waschtisch und ein Spiegel.

Er versuchte sich aufzurichten und fühlte wieder den scharfen Schmerz in der Seite, der ihm fast den Atem nahm. Seine Hand tastete über seinen Körper. Er war von den Achseln bis zu den Hüften verbunden.

Seine Sachen hingen frisch gewaschen auf einem Stuhl, und neben der Waschschüssel lagen seine beiden Revolver. Leichte Schritte kamen den Flur entlang. Die Tür wurde geöffnet, und Nancy trat ein. Sie sah frisch und hübsch aus in ihrem blauen Baumwollkleid.

»Sie können von Glück, sagen, daß Sie noch leben«, sagte sie freundlich.

»So ungefähr fühle ich mich auch«, sagte Flint.

»Sie haben wirklich mehr Glück als Verstand. Der Doktor sagt, Knochen sind nicht gebrochen. Aber er fürchtet, daß Sie innere Verletzungen haben könnten.«

Flint blickte sie scharf an. »Hat er mich untersucht?«

»Es war keine Zeit dazu. Er wird es nachholen, wenn er wieder kommt.«

Das könnte ihm so passen, dachte Flint. »Ich muß weg von hier«, sagte er. »Wenn Baldwin herausfindet, daß ich hier bin, haben Sie Ärger.«

Nancy hielt die Tür auf und ein mexikanisches Mädchen brachte ein Tablett mit Essen herein.

»Ihre Stute steht im Stall«, sagte Nancy. »Und über Port Baldwin brauchen Sie sich keine Sorgen zu machen. Der ist zunächst mit Tom Nugent beschäftigt.«

Als sie gegangen war, setzte Flint sich auf und begann zu essen. Er sah sein Gesicht in dem Spiegel über dem Waschtisch, aber er kannte sich kaum wieder. Über dem rechten Auge war eine riesige Beule, und seine Nase war zu doppelter Größe angeschwollen. Die Lippen und eine Backe waren verschorft, am Kinn war eine breite Schramme, sein Kopf war bandagiert und die Augen waren fast völlig zugeschwollen.

Nachdem er gegessen hatte, ließ sich Flint wieder auf das Kissen fallen. Er war plötzlich sehr müde.

Er war nach New Mexiko gekommen, um Ruhe zu suchen. Er hatte keine Streitereien gewollt, weder in Horse Springs, noch in Alamitos. Aber man muß irgendwo eine Grenze ziehen, wenn man nicht an die Wand gedrückt werden will.

Er drehte sich auf die Seite und zog die Briefe aus der Jackentasche. Einer war von seinem Anwalt in Baltimore, der ihm mitteilte, daß die Umgruppierung seiner Vermögenswerte so gut wie abgeschlossen war.

Der andere Brief war ein zusammenfassender Bericht der Pinkerton Detektei. Aus ihm erfuhr er, daß Lottie und ihr Vater die Dienste Baldwins in Anspruch genommen hatten, als sie einen Mörder suchten. Und Baldwin hatte ihnen den Mann vermittelt, der ihn im Spielcasino hatte umbringen sollen.

Es fiel ihm schwer, seine Gedanken auf den Bericht zu konzentrieren. Nicht nur, weil er zu müde und zu gleichgültig war. Mit einiger Überraschung stellte er fest, daß er zum erstenmal in seinem Leben die Interessen eines anderen Menschen über die eigenen stellte. Es ging ihm gar nicht darum, Port Baldwin seine Gemeinheiten zurückzuzahlen. Er wollte vor allem Nancy Carrigan helfen.

Er drehte sich auf den Rücken und schloß die Augen. Warum hatte er nicht ein Mädchen wie Nancy Carrigan getroffen, als ihm das Bedürfnis nach Heim und Familie überfiel? Jetzt war es zu spät. Er hatte nur noch wenig Zeit, zu wenig Zeit für eine Frau. Aber immerhin noch genug Zeit, um Port Baldwin zu vernichten. Trotzdem mußte er sich beeilen, wenn er den Kampf noch zu Ende führen wollte. Dann blieb ihm wenigstens die Genugtuung, diese eine Aufgabe ganz und vollständig gelöst zu haben. Und Nancy würde ihre Ranch behalten.

Mit diesem Gedanken schlief er ein.

7

Als er aufwachte, war es dunkel. Irgendwo im Haus hörte er das leise Klirren von Geschirr. Es mußte Abendbrotszeit sein. Flint warf die Decke zurück und stand auf.

Als Nancy in sein Zimmer kam, war er angezogen und schnallte gerade den Revolvergurt um.

»Sie sind wohl nicht recht bei Trost«, sagte sie streng. »Sie brauchen Ruhe.«

»Die kriege ich eher als mir lieb ist.« Er zog die Jacke über, schob den zweiten Revolver in den Hosenbund und nahm den Hut vom Tisch. »Jetzt bin ich erst einmal hungrig.«

Wortlos wandte sich Nancy zur Tür, und er folgte ihr in das Eßzimmer. Dabei stellte er fest, daß sie entzückende Schultern hatte.

Der Raum war großzügig und weitläufig. Eine Wand war fast ganz von Bücherregalen bedeckt: Charles Dikkens, Anthony Trollope, Sir Walter Scott, Washington Iving, Shakespeare, Hume's History of England.

Nancy stellte sich neben ihn. »Interessieren Sie sich für Bücher?«

»Vielleicht haben Sie bemerkt, daß ich alleine lebe«, sagte er. »Wenn man alleine ist, findet man von selbst zum Lesen.«

»Sie sind ein eigenartiger Mensch.« Sie musterte ihn aus den Augenwinkeln. »Man merkt, daß Sie eine gute Erziehung gehabt haben und doch …«

»Sie meinen die Schießerei gestern? Muß man sich denn alles gefallen lassen, nur um seine Erziehung zu beweisen?« Er lehnte sich gegen die Bücherwand.

»Christopher Marlowe mußte gefesselt werden, weil

er sonst den Polizisten verprügelt hätte, der ihn verhaften wollte. Sokrates war ein berühmter Ringkämpfer. Erinnern Sie sich, daß er Alcibiades zum Zweikampf forderte, als er seine Vorlesung störte. Und er besiegte Alcibiades, dessen Stärke ihn berühmt gemacht hatte.

Die Liste der Männer, in denen sich Geisteskraft und Körperkraft vereinigen, ist lang, das können Sie mir glauben. Gerade der gebildete Mensch verlangt sein Recht auf Freiheit zum Beispiel. Wenn man es ihm verwehrt, wird er es sich mit Gewalt nehmen.«

»Stammen Sie aus dem Westen, Mr. Flint?«

»Ich denke schon. Obgleich fast alle Menschen, die hier leben, irgendwo anders geboren sind. In Alamitos habe ich deutsche, schwedische und irische Mundarten gehört. Aber ich glaube, der Geburtsort ist unwesentlich. Entscheidend ist die Tatsache, daß man den Entschluß faßt, hier im Westen zu leben. Das Problem des Ostens ist die Sicherheit, das gesicherte Leben. Wer hierherkommt, wählt das Wagnis, die Unsicherheit, in der selbst das bloße Überleben zu einem Problem wird.«

»Mister Flint ...«

»Nennen Sie mich Jim. Ich bin an den Namen gewöhnt.«

»Also gut – Jim. Als Sie Ed Flynn gefunden haben, konnten Sie mit ihm reden? Er war auf einer Geschäftsreise für die Ranch«, setzte sie schnell hinzu. »Ich weiß nicht, ob er auf dem Hinweg oder auf dem Rückweg überfallen wurde. Und das ist wichtig.«

»Er war sehr beunruhigt. Er murmelte etwas von Santa Fé. Das war alles, was ich verstehen konnte.«

Das Essen wurde aufgetragen. Flint führte sie zum Tisch und rückte ihr den Stuhl zurecht.

»Vielen Dank.« Sie lächelte ihn an. »Das ist eine von den kleinen Höflichkeiten, die man hier im Westen vermißt.«

»Wollen Sie mir etwas von Ihren Sorgen erzählen?« fragte Flint. »Vielleicht kann ich Ihnen helfen.«

»Port Baldwin hat vierzigtausend Rinder mitgebracht. Er wird eine Menge Land dafür brauchen. Das ist das ganze Problem.«

Sie brauchte ihm nicht zu erklären, daß Baldwins Plan auf den ungeklärten, meist nicht verbrieften Besitzverhältnissen der Rancher basierte.

»Vielleicht gibt es einen Weg, ihm den Spaß zu verderben«, sagte Flint nachdenklich. »Vielleicht ...«

Während Nancy Carrigan und Flint beim Essen saßen, versuchte Baldwin, von Richter Hatfield einen Haftbefehl gegen Flint zu bekommen.

Aber der Richter wies ihn zurück. »Ich habe die Geschichte selbst mit angesehen«, sagte er grob. »Der Mann hat sich verteidigt. Er war völlig im Recht.«

»Verteidigt?« fragte Baldwin wütend. »Nennen Sie es Verteidigung, wenn ein Mann in den Saloon kommt und fünf Menschen erschießt?«

»Sie haben ihn vorher zusammengeschlagen«, erwiderte Hatfield. »Er hatte allen Grund anzunehmen, daß Sie ihn wieder angreifen würden. Es tut mir leid, daß er noch ein paar von Ihren Leuten am Leben gelassen hat.«

Wütend verließ Baldwin das Büro des Richters. Irgendwie beunruhigte ihn diese ganze Geschichte. Er wußte nicht recht, warum. Aber er verließ sich meistens auf seinen Instinkt, der ihm schon oft gesagt hatte, wann er zuschlagen mußte und wann er Gefahr lief, den Bogen zu überspannen.

Jetzt hatte er wieder diese unbestimmte Vorahnung einer Gefahr. Und sie beunruhigte ihn, weil er nicht wußte, woher sie kam. Sorgfältig überdachte er die Ereignisse der letzten Tage. Nur ein Punkt erschien ihm wirklich alarmierend: Flint hatte ihn gefragt, ob er sich für Rinder interessiere – oder für Land.

War es nur ein Bluff, ein Stoß ins Dunkle? Oder wußte Flint etwas von seinen Plänen?

Unwahrscheinlich, mehr als unwahrscheinlich. Aber er durfte nichts übersehen. Flint hatte seine Männer nervös gemacht. Eine alte Geschichte spukte in ihren Köpfen: die Geschichte eines anderen Flint, der wieder zurückgekehrt sein sollte.

Baldwin setzte sich auf den Rand des Bettes in seinem Hotelzimmer und kaute nachdenklich an seiner schwarzen Zigarre. Bis jetzt war alles gut gegangen, genau nach Programm. Flynn war zwar nicht tot, aber sein Tod war auch keine Notwendigkeit. Es reichte, daß er außer Gefecht gesetzt war. Damit war die Kybar-Ranch so gut wie erledigt, und er hatte sein Interesse der Beseitigung Tom Nugents zugewandt. Aber auch Nugent war kein ernstzunehmendes Hindernis. Mit seiner Hitzköpfigkeit und seiner Arroganz hatte er wenig Freunde gewonnen. Ein halbes Dutzend seiner Leute war ihm schon fortgelaufen.

Aber es wurde höchste Zeit, daß er die Geschichte zu Ende brachte. Aus Washington hatte er die Nachricht bekommen, daß das neue Bodengesetz kurz vor der Verkündung stand. Bis dahin mußte alles Land in seinem Besitz sein.

Tausende von landhungrigen Farmern kamen mit der Eisenbahn nach Westen, und ihnen wollte er das Land parzellenweise verkaufen, sobald er es Nancy Carrigan und Tom Nugent abgenommen hatte. Von der Eisenbahnverwaltung hatte er sich eine Option besorgt um auch das neben der Strecke liegende Land veräußern zu können.

Die kleinen Farmer hatten zumeist keine Ahnung vom Landkauf. Sie würden sich auf seine Angebote stürzen, wenn er nur eine Anzahlung und lange Raten verlangte. Die Raten würden sie nie aufbringen, das war sicher. Der Boden hatte nur eine dünne Ackerkrume. Gerade gut genug für Weidegras. Nach der ersten fehlgeschlagenen Ernte würde das Land wieder an ihn zurückfallen, unter Verlust der Anzahlung natürlich, und er konnte es erneut verkaufen. Die wenigsten Farmer würden sich einen Prozeß leisten können. Und selbst dann konnten sie ihm nichts anhaben. Bis es so weit war, würde er längst in New York sitzen und die Landverkäufe von seinem Büro aus regeln. Und die Richter New Mexikos hatten keine Rechtsgewalt in New York.

Baldwin steckte die ausgegangene Zigarre wieder an und paffte zwei, drei graue Rauchwolken in die Luft. Die Zukunft sah rosig aus. Die Dummheit und Hilflosigkeit anderer Menschen waren ihm immer das beste und sicherste Kapital gewesen.

Flynn war schon außer Gefecht gesetzt, und mit Nugent würde es auch bald so weit sein. Nancy Carrigan war eine Frau, zählte also nicht. Flint war die einzige wirkliche Gefahr für seinen Plan. Aber den konnte Buck Dunn übernehmen. Baldwin setzte sich ein Ziel von dreißig Tagen. In einem Monat wollte er im Besitz von drei Millionen Acres Land sein.

Baldwin zog sein Jackett aus, griff nach der Zeitung, die ihm regelmäßig aus New York nachgesandt wurde, und legte sich auf sein Bett. Der Finanzkrieg Harrimans gegen die Gruppe Morgan Vanderbuilt machte immer noch Schlagzeilen. Die Zeitung vermutete, daß Kettleman sich bald in den Kampf einschalten würde. Baldwin zog unwillig die Brauen zusammen, als er den Namen las. Kettleman war sein Rivale bei einer großen Spekulation in Eisenbahnaktien gewesen. Kettleman hatte zehn Millionen bei dem Geschäft verdient, Baldwin dagegen sein ganzes Vermögen verloren.

Zehn Millionen! Baldwin warf die Zeitung wütend in die Ecke. Lottie würde das ganze Geld einmal erben. Sie hätte es schon geerbt, wenn dieser verdammte Spieler sich nicht so dumm angestellt hätte.

Seit dem erfolglosen Mordversuch war Baldwin von einer heimlichen Angst beherrscht. Kettleman stand in dem Ruf, alles heimzuzahlen, was andere ihm antaten. Und es wurde gesagt, der Spieler hätte geredet, bevor er starb. Die Frage war nur, was er ausgeplaudert hatte.

Der Fehlschlag war besonders bitter, weil Baldwin auch mit dem Tod Kettlemans ein Geschäft machen wollte. Wenn Kettleman ermordet worden wäre, hätte die Börse reagiert. Baldwin hatte darauf gesetzt – und wieder verloren.

Er stand auf, zog seine Jacke über und ging ins Restaurant hinunter. Der Kellner hatte ihm gerade sein Steak serviert, als Jim Flint in die Tür trat. Er sah sich um, kam dann auf Baldwins Tisch zu und setzte sich ihm gegenüber.

Sein Gesicht war verschwollen und verschorft, aber es verzog sich zu einem breiten Grinsen, als er Baldwin ansah.

Es war plötzlich totenstill. Keiner der zwanzig Menschen im Saal sagte ein Wort. Baldwin fühlte eine kalte Wut in sich aufsteigen, und er wünschte, Buck Dunn wäre hier.

Flint grinste fast fröhlich. »Vielleicht haben Sie eines Tages Lust, sich mit mir zu prügeln, wenn ich Ihnen nicht den Rücken zudrehe«, sagte er so laut, daß es jeder im Saal hören mußte.

Baldwin versuchte, ihn von oben herab anzusehen. »Ich prügle mich nicht.«

»Stimmt. Feiglinge lassen so was immer von ihren Leuten besorgen, nicht?« Er lehnte sich über den Tisch. »Einen guten Rat will ich Ihnen geben, Baldwin: Gehen Sie zurück nach New York, wo Sie hingehören. Sonst verpassen Sie noch den letzten Zug.«

Port Baldwin schob seinen Teller zurück. Er hatte plötzlich keinen Appetit mehr.

8

Jim Flint ließ ihn sitzen und trat auf die Straße hinaus. Die Nacht war mondlos und dunkel. Ein kühler Wind wehte, und die Sterne flimmerten am wolkenlosen Himmel.

Er band seine Stute los und schwang sich in den Sattel. Der Schatten eines Mannes löste sich von der gegenüberliegenden Hauswand. Mit schnellen, geräuschlosen Schritten überquerte er die Straße und stieg die Hintertreppe des Hotels hinauf.

Einem Impuls folgend, lenkte Flint sein Pferd an den Fuß der Treppe.

»Buck Dunn!«

Der Mann auf der Treppe fuhr herum. Sein Gesicht wurde vom Lichtschein aus einem Hotelfenster matt erleuchtet.

»Buck Dunn, lassen Sie die Kybar-Ranch in Ruhe, haben Sie verstanden?«

Der Mann sagte nichts. Mit zusammengekniffenen Augen starrte er den anderen an, versuchte, sein Gesicht zu erkennen. »Wer sind Sie?« fragte er schließlich.

»Ich bin Flint.«

Buck Dunn antwortete nicht. Er kannte den Namen, besser als alle anderen. »Sie sind noch ein bißchen jung dazu, meinen Sie nicht?« antwortete er nach einer Weile. »Nach meiner Rechnung müßte Flint jetzt so – um die sechzig sein.«

»Möglich«, sagte Flint. »Sie wissen also Bescheid, Buck Dunn: Hände weg von der Kybar. Dies soll keine Warnung sein, nur ein gutgemeinter Rat.«

Er wandte das Pferd und ritt langsam die Straße hinunter.

Buck Dunn sah ihm nach, bis er um die Ecke verschwand. Wie alt war Flint? Er wußte es nicht genau. Niemand wußte es genau. Die Leute von der 3-Ranch hatten ihn in The Crossing erschossen. Sie behaupteten es jedenfalls. Kein Mensch hat Flints Leiche gesehen. Als das Licht wieder anging, waren sie fort, Flint und der Junge, den er bei sich hatte.

Er konnte es sein, überlegte er. Vielleicht …

Nachdenklich stieg er die Trepen empor, und eine leise Unruhe überkam ihn. Diese ganze Geschichte in Alamitos wurde ihm unheimlich. Schon die Sache mit Ed Flynn hatte nicht geklappt. Er hatte ihn klar im Visier gehabt, als er schoß. Und trotzdem war Ed nicht tot. Der erste Versager in Dunns langer, erfolgreicher Karriere. Und jetzt Flint …

Baldwin wartete schon auf ihn. Er bot ihm eine Zigarre an, reichte ihm Feuer. »Wir müssen schneller arbeiten«, sagte er dann ungeduldig. »Tom Nugent muß erledigt werden.«

»All right.«

»Und einer von Nancy Carrigans Männern«, fuhr Baldwin fort. »Sie können sich ihn aussuchen. Dieses Weib soll ein bißchen Respekt vor mir bekommen.«

»Nein.«

»Was sagen Sie?« Baldwin starrte ihn ungläubig an.

»Ich sagte nein«, wiederholte Buck Dunn ruhig. »Ich bin vor ein paar Minuten gewarnt worden, mich nicht auf der Kybar sehen zu lassen.«

»Von wem?« – »Flint.«

Baldwin schnaubte verächtlich durch die Nase. »Haben Sie vor dem etwa Angst?«

Buck Dunn sah interessiert auf den Aschenkegel seiner Zigarre. »Ich bin Geschäftsmann, Mister Baldwin«, sagte er ruhig. »Und ich hasse Geschäfte, bei denen das Risiko zu groß wird.«

Einen Augenblick starrte Baldwin ihn wütend an.

Dann zuckte er die Achseln. »Na schön. Dann muß ich Flint eben selber übernehmen.«

»Einverstanden.« Buck Dunn stand auf und griff nach seinem Hut. »Ich würde die Kybar-Ranch in Ruhe lassen«, sagte er warnend. »Wenn Flint Ihnen auf die Bude rückt, sind Sie so gut wie tot.«

Baldwin wollte ihn anfahren. Aber Buck Dunn winkte ab. »Jetzt haben Sie zum Beispiel fast fünf Minuten vor dem erleuchteten Fenster gestanden«, sagte er ruhig. »Wenn ich hinter Ihnen her wäre, hätten Sie längst ein paar Kugeln im Leib.« Er ging zur Tür. »Sie sind verdammt unvorsichtig, Mister Baldwin.« Er ließ den Türdrücker wieder los und kam zurück. »Ich glaube, es ist besser, wenn Sie mich für Flynn gleich bezahlen.«

»Trauen Sie mir etwa nicht?«

Buck Dunn lächelte dünn. »In unserem Geschäft gibt es kein Vertrauen«, sagte er. »Schon gar nicht für jemanden, der so lange vor erleuchteten Fernstern steht.«

Flint brachte die Stute in den zweiten Talkessel zurück und sattelte sie ab. Der rotbraune Hengst kam neugierig näher. Flint hielt ihm ein Stück Zucker hin, und nach einigem Zögern nahm das Tier es aus der Hand. Er duldete sogar, daß Flint ihn vorsichtig streichelte. Die Gewöhnung und der Zucker hatten sein Mißtrauen gegen den Menschen gebrochen.

Flint schlief tief und traumlos in dieser Nacht. Zum erstenmal hatte er keine Schmerzen, und er konnte sich nicht vorstellen, daß er bald sterben würde. Er fühlte sich gesund und kräftig wie lange nicht. Aber der Arzt hatte ihm ja gesagt, daß die letzte Phase der Krankheit wieder schmerzfrei sein würde.

Er erwachte, als die Sonne schon über die Lavaränder des Talkessels schien, zog sich an und frühstückte ausgiebig. Dann sattelte er die Stute und führte sie durch den Tunnel auf den Pfad. Er war nur noch wenige Meter vom Tunnelausgang entfernt, als er Stimmen hörte. Vorsichtig sah er nach dem Tafelberg hinüber. Sieben Reiter, ihre Gewehrläufe blinkten in der Sonne. Und der einzige Ort, der in ihrer Richtung lag, war die Kybar-Ranch.

Flint wartete ein paar Minuten, dann führte er die Stute auf den Pfad und stieg in den Sattel. Als er das Plateau erreicht hatte, sah er die sieben Reiter wieder vor sich. Sie ritten dicht zusammen, in langsamem Trab, um keinen Staub aufzuwirbeln. Und Flint war jetzt sicher, daß sie zu Baldwin gehörten.

Sie hielten auf den Zuni-Berg zu, der in unmittelbarer Nähe der Kybar-Ranch lag. Flint wartete, bis sie in einer kleinen Baumgruppe verschwunden waren, dann ritt er schräg über das Gelände, suchte Deckung hinter einer kleinen Bodenwelle und trieb seine Stute zum Galopp. Er mußte ihnen den Weg abschneiden. Er mußte vor ihnen die Kybar-Ranch erreichen.

Baldwins Männer hielten sich an den Rand des Lavabettes, und er mußte einen weiten Bogen schlagen, um von ihnen nicht gesehen zu werden. Als er die Ausläufer des Zuni-Berges erreichte und die Ranch unter sich liegen sah, entdeckte er eine zweite Reitergruppe, die von Norden her auf die Ranch zuhielt.

Vor ihm lag ein steiler Abhang. Er zögerte einen Augenblick, dann trieb er die Stute über das lose Geröll. Das Tier rutschte mehr, als es lief. Aber es blieb auf den Beinen, und er hatte wieder etwas Zeit eingespart.

Die sieben Reiter, die entlang dem Lavabett ritten, trieben ihre Pferde zu schnellem Trab an.

»Jetzt zeig mal, was du kannst, Mädchen«, flüsterte Flint in das Ohr der Stute. Im Galopp kam er aus der Deckung einer Baumgruppe hervor und hetzte über die Ebene auf die Ranch zu. Hinter sich hörte er einen Ruf. Er sah sich um. Die Reiter bildeten einen breiten Fächer.

»Lauf, Mädchen, lauf«, flüsterte Flint der Stute zu. Ein Sonnenstrahl wurde von einem Gewehrlauf zurückgeworfen. Zur Linken war eine flache Bodensenke.

In vollem Galopp riß Flint das Pferd herum und hörte die Kugel an seinem Kopf vorbeipfeifen.

Noch hundert Meter bis zur Ranch. Die beiden Rudel Reiter folgten ihm. Gewehrschüsse knallten, aber jetzt schossen sie auch von der Ranch.

Er galoppierte in den Hof, bis dicht vor den Stall. Dort ließ er sich aus dem Sattel gleiten und kroch sofort zurück.

Johnny Otero lag hinter der Pferdetränke, das Gewehr im Anschlag und Pete Gaddis feuerte aus dem Schlafhaus.

Ein graues Pferd brach in vollem Galopp in die Knie und warf seinen Reiter zu Boden. Der Mann richtete sich mühsam auf. Gaddis feuerte noch einmal.

Drei, vier Reiter galoppierten in den Hof. Einer legte auf Otero an. Eine Kugel aus Flints schwerer Büchse schleuderte ihn aus dem Sattel. Er schoß noch einmal, dann waren die anderen zu nah für Gewehrfeuer. Er ließ die Waffe zu Boden fallen, riß die Revolver heraus und schoß ruhig und regelmäßig, wie eine Maschine. Zwei reiterlose Pferde rasten durch den Hof. Ein Reiter hing noch einen Augenblick im Sattel, rutschte dann langsam zu Boden, und das Pferd schleppte ihn am Steigbügel über den steinigen Boden.

Die Angreifer verschwanden so plötzlich, wie sie gekommen waren. Von einer Sekunde zur anderen waren sie fort, und es war wieder still.

»Jemand verletzt?« fragte Flint.

Otero hatte einen Streifschuß an der Schulter, sonst war niemand verwundet worden.

Flint hob sein Gewehr auf und lud die Revolver nach. Dann nahm er seiner Stute den Sattel ab, rieb sie mit Stroh trocken und warf ihr eine Decke über. Als er aus dem Stall trat, fuhr ihm ein wütender Schmerz durch den Magen. Also doch noch nicht vorbei, dachte er, als er sich an den Türpfosten klammerte und langsam in die Knie sank.

»He, hat es Sie erwischt?« Johnny Otero beugte sich über ihn.

Flint schüttelte den Kopf. Otero stand eine Weile bei ihm, unsicher, was er tun sollte. Dann wandte er sich um und ging ins Haus.

Flint versuchte, den würgenden Brechreiz zu unterdrücken. Aber es nützte nichts. Er mußte sich übergeben, und dunkles Blut kam aus seinem Mund.

Eine Viertelstunde später kam Otero wieder. Er trug ein Gewehr über der Schulter, und in seinem Gürtel steckte ein zweiter Revolver. »Wieder in Ordnung?« fragte er Flint.

Flint versuchte ein Lächeln. »Geht schon.«

Von der Scheune knallten plötzlich Schüsse. Zwei Reiter kamen in vollem Galopp auf die Ranch zu.

»Nicht schießen!« brüllte Otero. »Das ist Julius!«

Julius Bent sprang aus dem Sattel, gerade rechtzeitig, um seinen Kameraden aufzufangen, der langsam vom Pferd glitt. Der Mann blutete aus einer Bein- und einer Brustwunde.

Flint stemmte sich auf. Der Schmerz war wieder abgeklungen, geblieben war eine dumpfe Müdigkeit. Aber er hatte jetzt keine Zeit, sich auszuruhen. Langsam ging er durch die Ranch und prüfte die Verteidigungsmöglichkeiten.

Solange es Tag war, konnte sie gehalten werden. Aber bei den wenigen Männern mußte jeder Nachtangriff zu einem blutigen Massaker werden. Baldwins Leute brauchten nur die Gebäude in Brand zu setzen, dann konnten sie aus der Dunkelheit heraus jeden Mann einzeln abschießen.

Und von außen war keine Hilfe zu erwarten. Wenn Baldwin klug genug war, auch die Telegrafenstation besetzen zu lassen …

Die Telegrafenstation. – Flint blieb stehen und betrachtete nachdenklich seine Stiefelspitzen. Man konnte Baldwin am besten in New York vernichten. Durch den Telegrafendraht war New York kaum eine Stunde entfernt ...

Er wandte sich um und ging ins Haus. »Nancy, wir müssen hier weg, sobald es dunkel wird«, sagte er bestimmt.

»Die Ranch verlassen?« Sie sah ihn verständnislos an.

»Er hat recht«, stimmte ihm Gaddis bei. »Die Burschen stecken das Haus heute nacht an, ob wir noch drin sind oder nicht.« Die Ranch würde verbrennen. – Nancy sah sich hilfesuchend um. Aber niemand stand ihr bei. Und sie begriff, daß es keine andere Möglichkeit gab, wenn sie ihr Leben retten wollten.

»Gut«, sagte sie, und ihre Stimme klang fest und entschlossen. »Packt alles Eßbare zusammen, und nehmt alle Pferde mit.«

»Und wohin gehen wir?« fragte Gaddis.

»Es gibt nur einen Ort, wo wir sicher sind«, sagte Nancy. Das Loch-in-der-Wand.« Sie wandte sich zu Flint. »Das ist ein riesiger Talkessel in der Lava. Ich glaube kaum, daß Baldwin davon weiß.«

Sie sah schweigend in den Hof und dachte, daß in ein paar Stunden nur noch Asche bleiben würde von der Ranch, die ihr Vater und ihr Onkel aufgebaut hatten, und daß mit den Gebäuden auch alle Erinnerungen verbrennen würden.

»Wir müssen Flynn und Lee Thomas mitnehmen«, sagte sie. »Seht zu, wie ihr sie transportieren könnt.«

Die Männer nickten und verließen das Zimmer.

Nancy wandte sich an Flint. »Ich bin froh, daß Sie da sind, Jim«, sagte sie leise.

»Ich auch. Ich möchte nirgendwo anders sein.« Er sah sie rot werden und ging schnell aus dem Zimmer. Die Sonne war ein riesiger Feuerball über den Bergkämmen, und er blinzelte in das Licht. »Du machst dich unsterblich lächerlich«, sagte er laut, »wenn du nicht verdammt vorsichtig bist.«

9

Lottie Kettleman stand mit verständnislosem Gesicht vor dem Bankschalter. »Ich verstehe das nicht«, protestierte sie ungehalten. »Das Konto muß doch ...«

»Tut mir leid, Madame«, sagte der Kassierer mit kühler Höflichkeit. »Mister Kettleman hat sein Konto vor mehreren Wochen aufgelöst.« Er versuchte, keine Befriedigung über ihr ratloses, konsterniertes Gesicht zu empfinden. Aber es gelang ihm nicht. Mrs. Kettleman hatte ihn immer mit arroganter Hochnäsigkeit behandelt, und es tat ihm wohl, sie jetzt so abfahren lassen zu können.

Wortlos wandte sie sich um und verließ die Bank. Sie fühlte eine kalte Angst in sich aufsteigen. Was sollte nun werden? Der Tresor zu Hause war auch leer. Ihr Vater hatte längst einen Nachschlüssel machen lassen, und sie wußte, daß Kettleman ein ganzes Bündel Noten und einen Waffengurt mit zwei Revolvern darin aufbewahrt hatte. Aber als sie ihn heute morgen geöffnet hatte, war er leer gewesen. Das Geld war fort, und die Revolver auch.

Eine Viertelstunde später stürmte sie in das Büro von Kettlemans Anwalt und überschüttete ihn mit Fragen und Vorwürfen.

»Ihr Mann hat Ihnen vor seiner Abreise einen bestimmten Betrag ausgesetzt«, sagte Mr. Burroughs kühl. »Sie erhalten hundert Dollar pro Monat.«

»Hundert Dollar?« Sie mußte sich zusammennehmen, um nicht zu schreien. »Und davon soll ich leben?«

»Es gibt sehr viele Familien, die mit weit weniger auskommen müssen.«

»Was soll das bedeuten?« fragte sie scharf. »Wo ist mein Mann?«

Mr. Burroughs legte sorgfältig einen Stoß Papiere zusammen. »Mr. Kettleman hat mir seine Pläne nicht anvertraut«, sagte er ruhig. »Ich nehme aber an, daß er für längere Zeit abwesend sein wird. Es schien –« Burroughs sah Lottie an, und sein Gesicht war so ausdruckslos wie das eines Pokerpielers, »– als ob er einen Anschlag auf sein Leben befürchtete. Er sagte etwas von einem Mordversuch.

»Unsinn! – Das war nur ein Streit mit einem Spieler.«

Burroughs schien sie nicht gehört zu haben. »Ich sagte schon, daß er auch mir nicht alles anvertraut hat. Aber ich habe erfahren, daß Ihr Mann diesen Vorfall durch Detektive der Pinkerton-Agentur untersuchen ließ.«

Ihre Kehle war plötzlich trocken, und sie fühlte die Handflächen feucht werden. Davon hatte sie nichts gewußt. Aber es gab eigentlich keine Beweise, beruhigte sie sich. Und von den Gesprächen zwischen ihr, ihrem Vater und Baldwin konnten auch Pinkertons Detektive nichts wissen.

»Und Sie haben wirklich keine Ahnung, wo mein Mann ist?«

»Nein.« Er stand auf und geleitete sie zur Tür.

Während der Fahrt nach Hause machte sie sich zum erstenmal ernsthaft Gedanken über den Mann, den sie geheiratet hatte. Ihr Vater hatte sie in die Ehe mit Kettleman gedrängt, weil er hoffte, von den erfolgreichen Finanzgeschäften seines Schwiegersohnes profitieren zu können. Aber aus den Geschäften war nichts geworden. Und aus der Ehe war auch nichts geworden. Kettleman hatte nach kurzer Zeit gespürt, daß er ihr völlig gleichgültig war. Sie hatten nebeneinander hergelebt, im selben Haus, in kühler Distanz.

Und trotzdem, sie hatte ein gutes Leben an seiner Seite gehabt, sie sah es jetzt ein. Es hatte keine finanziellen Sorgen gegeben, er war immer großzügig und ritterlich gewesen, und als Mrs. Kettleman war sie respektiert und geachtet worden.

Und jetzt? Hundert Dollar im Monat, und sie hatte bereits vor ihrem Besuch auf der Bank gemerkt, daß viele Menschen versuchten, sie zu übersehen oder ihr die kalte Schulter zu zeigen.

Ihr Vater lief aufgeregt im Zimmer auf und ab, als sie ihm die Lage erklärte. Und zum erstenmal sah sie ihn so, wie er wirklich war: ein dicklicher, aufgeblasener Kerl, der viel Wind machte und nie etwas Ordentliches zustande brachte.

»Die Pinkertons hat er angeheuert, was?« Er paffte dicke Rauchwolken gegen die Decke und blieb vor Lottie stehen. »Weißt du was? Wir suchen uns auch einen Detektiv. Dem werden wir es zeigen, einfach zu verschwinden, mit dem ganzen Geld. Ich kenne da einen Deutschen, der manchmal für Port Baldwin gearbeitet hat …«

Epperman war ein kleiner, dicker Mann mit einem roten Gesicht und etwas hervorstehenden blaßblauen Augen.

»Haben Sie ein Bild von ihm?« fragte er Lottie.

»Nein.« Kettleman hatte nie ein Foto von sich machen lassen.

Epperman lehnte sich in seinem Stuhl zurück und betrachtete Lotties Figur mit wohlwollenden Blicken.

Nicht schlecht, dachte er. Und bestimmt nicht besser als ihr Ruf.

Nach einer Weile intensiver Nachforschungen in New Yorks Finanzkreisen hatte er noch immer keinen Anhaltspunkt über Kettlemans Verbleib. Jeder kannte den Finanzier, aber keiner wußte, wo er war.

Epperman versuchte einen anderen Weg: er forschte Kettlemans Vergangenheit nach. Und hier fand er den ersten, überraschenden Anhaltspunkt: Kettleman war

Mitglied eines Schützenklubs gewesen und hatte verschiedene Meisterschaften gewonnen. Irgendwann hatte er auch einmal geboxt.

Nach langem Suchen grub Epperman einen alten Ringrichter aus, der Kettleman aus seinen ersten New Yorker Jahren kannte. »Ein verdammt guter Boxer«, sagte der Alte grinsend. »Ich hätte was aus ihm machen können. Aber er hatte andere Pläne.«

Epperman erfuhr, daß Kettleman damals auch ein paar Viehverkäufe durchgeführt hatte. Mit den Rindern hatte er auch vier Pferde angeboten. Er fand sogar einen Mann, der sich an das eigenartige Brandzeichen der Pferde erinnerte: ein sechsschüssiger Colt.

Epperman überschlug die Ergebnisse seiner Recherchen: das Brandzeichen, die Pferde, die Revolver im Safe – alles deutete darauf hin, daß Kettleman Beziehungen zum Westen hatte. Und wahrscheinlich war er auch dort untergetaucht.

Aber warum war er verschwunden? Epperman kannte zwei Gründe, die einen Mann aus dem gewohnten Leben treiben: Geld oder Frauen. Aber Kettleman bildete auch hier eine Ausnahme: Er hatte mehr Geld, als er je verbrauchen konnte. Und trotz gründlichster Nachforschungen konnte Epperman auch nicht die harmlosesten, oberflächlichsten Beziehungen zu Frauen feststellen.

Also mußte auch das Motiv seiner Flucht im Westen liegen, überlegte Epperman. Aber ›der Westen‹ war ein verdammt großes Gebiet, und man konnte genausogut die berühmte Nadel im Heuhaufen suchen. Außerdem hatte Epperman nicht die geringste Lust, schon wieder zu reisen. Fort Baldwin hatte ihn erst vor einigen Wochen zu sich nach New Mexiko beordert, und für eine Weile wollte er seine Ruhe haben.

Lottie war wütend, daß er ihr keine greifbaren Resultate liefern konnte. Und es irritierte sie, daß Epperman

Einzelheiten aus ihres Mannes Vergangenheit erfahren hatte, von denen sie keine Ahnung hatte.

Sie sah ein, daß sie eine große Chance verspielt hatte. Sie hätte alles tun sollen, um ihre Ehe mit Kettleman zu erhalten. Erst jetzt wurde ihr klar, wie dumm sie gewesen war. Warum hatte sie versucht, durch ihn zu Geld zu kommen, wenn sie als seine Frau fast unbeschränkte Mittel zur Verfügung hatte?

»Ich werde Sie benachrichtigen, wenn ich etwas Neues erfahre«, sagte Epperman schließlich. »Ich glaube, ich bin auf dem richtigen Weg.«

Er sagte ihr nicht, was für einen Weg er verfolgte. Es war auch noch kein Weg, nur eine unbestimmte Ahnung. Vor allem die Ahnung, daß er eine Menge Geld verdienen konnte, wenn er seine Karten richtig spielte.

Port Baldwin würde sehr interessiert sein, zu erfahren, wo Kettleman steckte. Aber er war noch nicht sicher, daß er es Baldwin verraten würde. Es hing davon ab, was Kettleman zahlen würde, damit weder Baldwin noch seine Frau erfuhren, wo er steckte. Und Kettleman hatte bedeutend mehr Geld als Lottie und Baldwin zusammen …

Ein erfreulicher Gedanke, fand Epperman. Das einzig Störende war die Erfahrung, daß Kettleman ein sehr heftiges Temperament entwickeln konnte. Er dachte an den Spieler, den er erschossen hatte. Vielleicht würde er auch Eppermans Erpressungsversuch mit ein paar Kugeln bezahlen, statt mit Geldscheinen.

Aber das waren alles sehr sekundäre Probleme. Zunächst mußte er Kettleman einmal finden.

Epperman saß auf der Kante seines Bettes und rieb sich gedankenvoll die Nase. Und plötzlich fiel ihm der Mann ein, der aus dem Zug nach Alamitos verschwunden war …

10

Die Nacht schien nicht kommen zu wollen. Für die Leute auf der Kybar-Ranch dehnten sich die Stunden zu Ewigkeiten, bis sich endlich die Dämmerung über das Land senkte.

Irgendwo heulte ein Coyote, ein Nachthabicht zog seine ersten Kreise, und die Fledermäuse kamen aus ihren Schlupfwinkeln.

Otero und Gaddis hatten die Pferde gesattelt, ein paar Zentner Lebensmittel in Packsättel verteilt. Dann banden sie den verwundeten Thomas auf sein Pferd, und Flint ging in Ed Flynns Zimmer.

»Sie kennen mich nicht«, sagte er, als der Verwundete die Augen aufschlug. »Ich habe Sie gefunden, als Sie angeschossen waren.«

»Danke.« Das Wort war kaum mehr als ein Flüstern. Der Vormann war kaum bei Bewußtsein. Es war ein Verbrechen, ihn mitzunehmen. Aber sie konnten ihn nicht zurücklassen.

»Wir müssen Sie woanders hinbringen«, erklärte Flint ihm die Lage. »Die Ranch wird angegriffen, sobald es dunkel ist. Wir bringen Sie in das ›Loch-in-der-Wand‹.«

»Lassen Sie mir ein Gewehr hier«, sagte Flynn mühsam. Er sah Flint in die Augen. »Und passen Sie auf Nancy auf … Sie ist für mich … fast wie eine Tochter …«

Nancy war im Hof und überwachte das Laden der Packpferde. Lebensmittel, Medikamente, Verbandmaterial, Whisky, Decken, Zündhölzer … Erst als alles verpackt und festgezurrt war, nahm sie sich Zeit, einen letzten Blick auf das Haus zu werfen, in dem sie aufgewachsen war.

Flint wußte, was sie empfand. »Sie können es wieder aufbauen«, sagte er tröstend.

Sie versuchte ein Lächeln. »Natürlich. Man darf nie aufgeben.« Ihre Stimme klang fest und gläubig, und ihre Worte irritierten Flint.

Hatte er nicht aufgegeben? Natürlich, gab er zu. Aber schließlich gab es für ihn keinen Ausweg. Sein Tod war sicher. Es gab keine Hilfe gegen Krebs. Jedenfalls nicht nach Meinung der Mediziner. Er hatte von Fällen gehört, wo Todkranke trotz aller Prophezeiungen wieder genesen waren. Hatte sie ihr Lebenswille geheilt? War es ihr Glaube gewesen? Konnten Wille und Glauben einen Heilungsprozeß im Körper auslösen? Im Westen gab es unzählige Geschichten von tödlich Verwundeten, die wieder auf die Beine gekommen waren.

Der Wille zum Leben ... Er hatte noch nie so sehr leben wollen wie gerade jetzt, und wenn der Wille eine Rolle spielte, so mußte er die tödliche Krankheit besiegen.

Als es völlig dunkel geworden war, zogen sie los. Nancy übernahm die Führung. Flint und Pete Gaddis blieben auf der Ranch zurück und feuerten ein paar Dutzend Schüsse in die Nacht, um den Gegner irrezuführen.

Flint lag hinter der Verandabrüstung des Hauses und blickte aufmerksam in das Dunkel. Von links kam ein einzelner Schuß. Flint richtete das Gewehr auf die Stelle, wo er das Mündungsfeuer hatte aufblitzen sehen und feuerte. Dann schoß er noch zweimal, wenige Meter links und rechts von der Stelle und hörte einen erschrockenen Aufschrei.

Gaddis kroch zu ihm heran. »Ich glaube, es wird Zeit«, flüsterte er.

»Okay.« Flint feuerte noch drei Schuß in das Dunkel, dann folgte er Gaddis. Sie führten ihre Pferde vorsichtig, jedes Geräusch vermeidend. Gaddis wußte, wo sie weichen Boden fanden, auf dem die Hufe der Pferde keinen Laut gaben.

Sie sprachen kein Wort. Der Coyote war still, und die Fledermäuse waren unsichtbar in der Dunkelheit.

»Sind Sie hinter jemandem her?« fragte Gaddis plötzlich.

Flint brauchte eine Weile, bis er den Sinn der Frage begriff. »Nein. – Ich bin hinter niemandem her«, sagte er schließlich.

Der Boden stieg ein wenig an. Gaddis führte sie auf einen Pfad, der von dünnen Bäumen flankiert war.

»Ich will dem Mädchen helfen, das ist alles«, sagte Flint.

»Sehr anständig von Ihnen«, meinte Gaddis. »Es geht Sie ja eigentlich gar nichts an.«

»Ich weiß nicht«, sagte Flint nachdenklich. »Ich glaube, Ungerechtigkeiten gehen uns immer etwas an, auch wenn wir nicht selbst betroffen sind.«

»Wo kommen Sie eigentlich her, Jim?« fragte Pete.

Flint lachte lautlos und dachte einen Augenblick über die Frage nach. Wer war er eigentlich? Er war niemand. Ein Mann ohne eigenen Namen, ein Kind unbekannter Eltern, irgendwo geboren, ohne Familie, ohne Bindungen …

»Ich bin niemand«, sagte er. »Und ich komme von nirgends. Spielt es eine Rolle, woher man kommt?«

»Keine Familie?« fragte Gaddis.

»Nein. Ich habe nie eine Familie gehabt.« – Nur eine Frau, die mich ermorden lassen wollte. – »Ich habe niemanden.«

»Nicht einmal Freunde?«

Flint überlegte einen Augenblick. Vielleicht war der wirkliche Flint sein Freund gewesen. Und er fragte sich, wie Flint diese Frage beantwortet hätte.

»Vielleicht hatte ich einmal einen Freund«, antwortete er.

»Hatte?«

»Ja. Er ist tot. Aber das ist schon lange her.«

Vor ihnen tauchten plötzlich Schatten auf. Ein Pferd wieherte leise. Sie hatten Nancy und die anderen erreicht. Aus der Ferne hörten sie zwei, drei Schüsse.

Und dann sahen sie einen schwachen roten Schein am Horizont. Nancy starrte regungslos auf den Widerschein der Flammen, die ihr Haus verzehrten.

»Mein Vater und mein Onkel haben es mit ihren eigenen Händen aufgebaut«, sagte sie bitter. »Glauben Sie, daß auch Erinnerungen verbrennen, Jim?«

Er sah an ihr vorbei zu dem roten Feuerschein hin. »Es gibt Dinge, die man nie zerstören kann«, sagte er leise.

»Nicht einmal ein Feuer kann Ihnen die Erinnerungen nehmen – und Ihre Träume.«

Ein einzelner Schuß drang zu ihnen herüber. Dann eine dünne Salve.

Nancy griff nach Jims Arm. »Einer von meinen Jungens ist noch auf der Ranch«, sagte sie tonlos.

»Dem passiert schon nichts«, sagte Flint beruhigend. »Wahrscheinlich sitzt er im Dunkeln und ballert auf gut Glück nach den Burschen.«

»Meinen Sie, daß er wegkommt?«

»Aber sicher. Wahrscheinlich ist er schon eine Strecke weg.«

»Wir müssen weiter«, mahnte Gaddis.

Nancy nickte und lenkte ihr Pferd hinter das von Flint. Die Hufe der Tiere knirschten auf der Lava. Ein paar hundert Meter war der Weg eben, dann führte er in steilen Serpentinen in ein Tal. Der Hufschlag der Pferde war wieder weich, fast lautlos, und herber Grasgeruch stieg Flint in die Nase.

Gaddis hielt sein Pferd an und drehte sich eine Zigarette.

»Das wär's«, sagte er zu Flint. »Um uns haben wir

jetzt glatte Lavawände nirgends niedriger als sechs, sieben Fuß.«

Er stieg von seinem Pferd und half den anderen, Flynn auf den Boden zu betten. Dann nahmen sie die Sachen von den Packpferden.

»Nancy.« Flint trieb sein Pferd an ihre Seite. »Ich bin bald wieder da, Sie bleiben doch hier?«

Nancy wandte sich zu ihm. »Sie wollen fort?«

Er nickte. »Ich muß in die Stadt. Ein Telegramm aufgeben.«

»Warten Sie, bis der Kaffee fertig ist.« Gaddis hatte ein Feuer angesteckt und den Kessel über die Flammen gehängt.

»Gut.« Flint stieg von seiner Stute. Das Tier war ziemlich fertig. Er hatte es in der letzten Zeit hart herangenommen, und das Pferd war nicht mehr das Jüngste. Er beschloß, ab morgen den Hengst zu reiten. Nur diesen einen Weg in die Stadt sollte die Stute ihn noch tragen.

Er war sich darüber im klaren, daß er das Geheimnis seines sorgsam geplanten Verschwindens zerstören würde, sobald er das Telegramm nach New York absandte. Jeder würde wissen, wo er geblieben war. Aber außer ihm kannte ja niemand sein Versteck in der Lava. Und sobald die Sache vorbei war, würde er sich dorthin zurückziehen, um zu sterben, wie er es von Anfang an geplant hatte.

Nancy trat neben ihn und streckte ihre klammen Hände in die Flammen. »Was wollen wir jetzt tun, Jim?«

Er rührte seinen Kaffee um. »Überlassen Sie das bitte mir«, sagte er ruhig.

»Was wollen Sie gegen die anderen ausrichten?« fragte Nancy unsicher. »Es sind zu viele.«

»Es sind gar nicht so viele«, widersprach er. »Es kommt vor allem darauf an, daß man seinen Gegner an seiner verwundbarsten Stelle trifft. Und ich weiß, wo sie liegt.«

Vom Pfad über die Lava kamen Hufschläge. Die Männer griffen nach ihren Waffen und tauchten aus dem Lichtkreis des Feuers in das Dunkel.

Zwei Reiter erschienen beim Feuer.

»Es sind unsere«, sagte Gaddis, und Flint erkannte Scott. Der andere hieß Rockley, wie er später erfuhr. Er grinste breit, als er von seinem Pferd stieg. »Hübscher Platz für ein Picknick, was? Wo gibt's denn hier Kaffee?«

Scott trat zu Nancy. »Wie geht es Ed?« fragte er besorgt.

»Gut«, antwortete sie. »Er hat den Transport besser überstanden, als wir glaubten.« Sie deutete auf den Kaffeetopf. »Frisch aufgebrüht«, sagte sie, »und stark genug, daß ein Hufeisen darauf schwimmen kann.«

Scott füllte seinen Becher und sah zu Flint hinüber, der seiner Stute den Sattelgurt festzog. »Sie sollten Flynns Pferd nehmen«, riet er. »Der Gaul ist erledigt.«

»Ich habe noch ein anderes«, sagte Flint.

Rockley warf Gaddis einen raschen Blick zu. Wo, zum Teufel, kriegte Flint seine Pferde her? Wer war Flint? Und was wollte er eigentlich?

Flint stellte seine Tasse auf den Boden, ging zu seinem Pferd und saß auf. »Bis später.«

»Kommen Sie wieder«, sagte Nancy leise. »Und bald.«

Rockley sah ihm nach, bis er im Dunkel untergetaucht war. Dann füllte er seinen Becher nach. »Hast du das Brandzeichen gesehen, Pete?« wandte er sich an Gaddis. »Ein Colt. Habe ich noch nie gesehen in dieser Gegend.«

Gaddis sagte nichts. Er dachte an Flint. Er gefiel ihm, und doch mußte er ihn vielleicht töten.

»Ich bin nur neugierig«, sagte Rockley in seine Gedanken, »wo ein Mann hier ein Pferd lassen kann.«

»Muß ja nicht hier sein«, antwortete Scott. »Hat er nicht gesagt, er will ein Telegramm aufgeben?«

»Wie heißt er eigentlich?« fragte Rockley. »Ich habe ihn noch nie gesehen.«

Flint«, sagte Otero. »Hatte einen Zusammenstoß mit Nugent und jagte ihn von seinem eigenen Land.« Otero warf ein paar Zweige in das Feuer. Dann schoß er einen von Baldwins Männern zusammen, als er Flynn zur Ranch zurückbrachte. Und als Baldwin und ein Dutzend andere ihn zusammengeschlagen hatten, hat er ihnen im Saloon ein Feuerwerk hingelegt, an das sie lange denken werden.« Er sah Gaddis an. »Für mich ist es nicht wichtig, wo ein Mann herkommt. Wir sollten froh sein, daß er auf unserer Seite steht.«

Eine kleine Weile schwiegen sie. Über dem Kamm der Lava dämmerte der Tag.

»Ich möchte nur wissen«, sagte Rockley schließlich, »wohin er das Telegramm senden will.«

Er bekam keine Antwort auf seine Frage.

11

Jim Flint war in sein Versteck geritten und hatte der erschöpften Stute den Sattel abgenommen. Jetzt stand er im zweiten Talkessel und musterte den rotbraunen Hengst, der wenige Schritte vor ihm graste.

Das Tier hatte sich völlig an ihn gewöhnt. Aber wie würde es unter dem Sattel gehen? Und konnte er es dazu bringen, durch den langen Tunnel zu gehen?

Der Hengst nahm den hingehaltenen Zucker ohne jede Scheu, und als Flint ihm den Zaum anlegte, zuckte er nur ein wenig zurück. Die Trense störte ihn zuerst ein wenig, und er tastete das Eisen mit Kiefern und Zunge vorsichtig ab. Flint legte ihm den Sattel auf und zog den Gurt an. Dann nahm er die Zügel in die Hand, setzte den linken Fuß in den Steigbügel und schwang sich in den Sattel.

Der Hengst machte ein paar schnelle, nervöse Schritte, als er das Gewicht spürte. Dann blieb er stehen und wandte den Schädel, als wollte er Flint fragen, was er auf seinem Rücken machte.

Flint drückte ihm die Absätze leicht in die Weichen; der Hengst machte ein paar Schritte vorwärts und blieb wieder stehen. Flint drückte die Absätze noch einmal an, und jetzt setzte er sich in leichten Trab.

Flint ritt ein paar Runden um das ganze Tal und stieg dann ein paarmal auf und ab. Als er den Hengst durch den Tunnel führte, sperrte er sich ein wenig, aber nach einigem Zureden folgte er willig, wenn auch etwas nervös durch das Dunkel.

Er führte ihn den steilen Pfad hinauf, und erst als er das Plateau erreicht hatte, stieg er in den Sattel. Der Hengst ging ruhig und sicher unter ihm, mit schnellen, weitausgreifenden Schritten.

Nur zwei Pferde waren vor dem Saloon von Alamitos angebunden. Flint ritt ein Stück weiter und stieg vor dem Telegrafenamt ab. Als er den Hengst festband, sah er sich vorsichtig um. Es war kein Mensch zu sehen.

Der Telegrafenraum war eine dumpfe, muffige Bude. Der Telegrafist saß an seinem Tisch und las eine Zeitung. Er sah nur kurz auf, als Flint hereinkam, ein Formular vom Tisch nahm und es ausfüllte.

Flint schrieb eine kurze Mitteilung für seinen Anwalt Burroughs, zwei längere an den Präsidenten der Eisenbahngesellschaft, deren Aktienmehrheit er besaß, und an einen leitenden Direktor, den er selbst ernannt hatte. Dann legte er sie dem Telegrafisten auf den Tisch.

Der schob die Zeitung zur Seite und schielte auf die Unterschrift. »Kettleman?« Er schielte ihn über die Brille mißtrauisch an. »Wollen Sie mich verkohlen?«

»Ich habe nicht die geringste Absicht«, sagte Flint kühl. »Senden Sie meine Telegramme ab. Und gleich, wenn ich bitten darf.«

Der Mann zögerte immer noch. Sein Blick musterte Flints verstaubte Kleidung, glitt zurück zu den Texten. »Mister, seien Sie mir nicht böse, aber man kann doch nicht einfach hier hereinschneien und solche Telegramme aufgeben.« Seine Zunge fuhr unsicher über die trockenen Lippen. »Das kann mich meinen Job kosten …«

»Ganz bestimmt sogar, wenn diese Telegramme nicht sofort hinausgehen«, sagte Flint kühl.

»Sie sind der Boß«, sagte der Mann resigniert und hockte sich hinter seinen Apparat.

»Und versuchen Sie keine Tricks«, sagte Flint mit einem warnenden Lächeln. »Ich kenne den Morse-Code wahrscheinlich besser als Sie.«

Der Mann kratzte sich verlegen die Bartstoppeln, dann begann die Taste zu ticken.

Flint saß bequem in einen Sessel zurückgelehnt und

rauchte eine Zigarre, während seine Anweisungen über den Draht gingen. Und er wußte, daß die Hölle los sein würde, sobald sie ausgeführt waren. Vor allem sollte die für Baldwin ausgestellte Ermächtigung, für Landverkäufe der Gesellschaft als Vermittler zu fungieren, sofort widerrufen werden. Kettlemans Aktienkapital und sein Einfluß würden dafür sorgen, daß die Anordnung ohne Zögern ausgeführt wurde. Und wenn Baldwin davon erfuhr, würde er nach seinem Blut schreien.

»Erledigt.« Mit einem Seufzer schob der Telegrafist seinen Stuhl zurück und sah Flint an.

»Besten Dank.« Flint ging aus der muffigen Bude und stieg in den Sattel. Er war kaum außer Sicht, als der Telegrafist in den Saloon stürmte. »Einen Doppelten«, sagte er, und seine Hand zitterte in Vorfreude auf die Überraschung, die seine Neuigkeiten auslösen würde. Beim Barkeeper und bei den beiden Männern, die gelangweilt an der Theke lehnten.

Er wartete, bis er seinen Drink hatte, und nahm einen kleinen Schluck. »Baldwin wird bald wieder abreisen«, sagte er dann schadenfroh. »Dann sind deine guten Zeiten vorbei.«

Der Barkeeper blickte ihn verständnislos an, und die beiden gelangweilten Männer an der Theke wurden plötzlich sehr aufmerksam. »Was soll das heißen?«

»Eben hat einer ein Kabel abgesandt«, sagte der Telegrafist genüßlich, »das Baldwin hier den Boden unter den Füßen wegzieht. Ein anderes ging an einen Anwalt in New York. Der soll eine gerichtliche Untersuchung veranlassen.«

Der eine der beiden Männer schüttelte den Kopf. »Quatsch«, sagte er wegwerfend.

»Sei mal ruhig, Saxon.« Der andere Mann drängte sich neben den Telegrafisten. »Wer hat die Kabel abgeschickt?«

»Er sagt, er heißt Kettleman. James T. Kettleman.«

Der Barkeeper zog eine Zeitung unter der Theke hervor und legte sie auf die Platte. Auf der Titelseite war eine Schlagzeile: *Finanzier Kettleman verschwunden!*

Saxon las sie langsam und gründlich, dann steckte er die Zeitung in die Tasche. »Komm, das müssen wir Baldwin erzählen.«

»He, ich will meine Zeitung haben!« rief der Barkeeper empört.

»Geh zum Teufel«, sagte Saxon über die Schulter.

Flint sah die beiden Männer aus dem Saloon stürzen und über die Straße zum Hotel laufen. Und er wußte, daß Baldwin in ein paar Minuten sehr wütend sein würde.

Er ritt an dem Hotel vorbei zum Büro von Richter Hatfield. Der Richter erkannte ihn sofort wieder. Sein Gesicht war immer noch stellenweise blau und gelb verschwollen, und unter dem Haaransatz saßen zwei tiefe, kaum verheilte Narben.

»Was kann ich für Sie tun, Mr. Flint?« fragte er freundlich.

»Ich möchte eine Verfügung gegen Port Baldwin«, sagte Flint, »die ihm jeden Landkauf in diesem Gebiet untersagt.«

Richter Hatfield lehnte sich in seinem Stuhl zurück, und das Lächeln verschwand aus seinem Gesicht. »Mit welcher Begründung?«

»Er hat keine Vollmacht, als Agent für die Eisenbahngesellschaft aufzutreten«, sagte Flint knapp. »Und er besitzt keinerlei Rechtstitel auf den Boden hier.«

»Sind Sie sicher?«

Flint steckte sich eine Zigarre an und legte dem Richter kurz Port Baldwins Pläne dar, wie er die unsichere Rechtslage des Landbesitzes der Rancher und die anstehenden Verkäufe durch Regierung und Eisenbahn mit einem großangelegten Bluff für sich ausnutzen wolle.

Richter Hatfield kannte die Lage nur zu genau. »Und

wo liegt Ihr Interesse bei dieser Geschichte?« fragte er schließlich.

Flint zögerte eine Weile. Wo lag wirklich sein Interesse bei diesem Kampf gegen Baldwin?

»Ich hasse Ungerechtigkeiten«, sagte er dann. »Baldwin will Tom Nugent und Nancy Carrigan von ihrem Land verdrängen.«

Richter Hatfield nickte verstehend. »Ihr Interesse gilt also Nancy Carrigan«, stellte er fest.

»Ja.«

Hatfield erhob sich. »Ich werde sehen, was ich tun kann«, versprach er und reichte Flint die Hand.

»Ich werde dafür sorgen, daß Sie übermorgen eine Nachricht der Eisenbahnverwaltung in Händen haben, die Ihnen bestätigt, daß Baldwin hier keinerlei Rechte hat«, sagte Flint. Dann verließ er das Büro und ging die Straße hinunter zu seinem Pferd.

In einem Zimmer des ersten Stocks saß Port Baldwin auf seinem Bett. Mit rotem Kopf las er den Zeitungsartikel über Kettlemans Verschwinden, den ihm Saxon gereicht hatte.

»Und der Kerl soll hier sein?« fragte er ungläubig.

Saxon zuckte die Schultern. »Er hat hier jedenfalls ein Kabel aufgegeben. Wenn es nicht sein Geist war …«

Baldwin fluchte leise vor sich hin, sprang auf und begann, unruhig auf und ab zu gehen.

Es konnte stimmen. Kettleman war verschwunden. Er hatte gehofft, er wäre tot. Aber wenn er nicht tot war, konnte er hier so gut sein wie irgendwo anders.

Aber was wollte er hier? Land? Eisenbahngeschäfte? Eine verzweifelte Wut stieg in ihm hoch. Mußte der Kerl ihm jedesmal in die Quere kommen? Als wenn er nicht Geld genug hätte.

Er mußte Kettleman finden. Nur ein Mensch hatte ihn hier gesehen: Der Telegrafist.

»Geh zu dem Kerl zurück und laß dir eine Beschreibung von Kettleman geben«, sagte er zu Saxon. »Ich muß ihn finden. Hundert Dollar für den Mann, der mir Kettleman bringt.«

Saxon sah seinen Chef aus den Augenwinkeln an. »Muß er noch leben, wenn ich ihn bringe?«

Baldwin bot Saxon eine Zigarre an. »Ich will vor allen Dingen wissen, wo er ist. Und ich möchte, daß er einige Zeit aus dem Weg ist. Eine recht lange Zeit«, fügte er hinzu.

»Okay.« Saxon nickte. »Für tausend Dollar ließe sich das machen.«

»Fünfhundert.«

Saxon zog an seiner Zigarre und blies den Rauch gegen die Decke. »Kettleman ist eine bekannte Figur«, sagte er langsam. »Mein Kumpel und ich müßten schon auf eine lange Reise gehen, wenn er plötzlich verschwindet. Unter tausend Dollar lohnt sich das nicht.«

»Also gut.« Baldwin fiel ein, daß Buck Dunn wahrscheinlich noch teurer war. »Meinetwegen auch tausend.«

Als Saxon gegangen war, überlegte er, ob er nicht ein Telegramm an Lottie Kettleman schicken sollte.

Zwei Tage später hatte Richter Hatfield die Bestätigung aus New York in Händen, und er erließ die von Kettleman gewünschte Verfügung gegen Baldwin. Gegen seine Erwartung nahm Baldwin die Nachricht ruhig auf, fast gelassen. Er reichte nicht einmal Einspruch ein.

Die Leute im ›Loch-in-der-Wand‹ erfuhren von der Entwicklung am nächsten Tag.

»Sie können jetzt nach Hause gehen«, sagte Flint zu Nancy.

»Nach Hause?« Ein bitterer Zug erschien auf ihrem Gesicht.

Pete Gaddis und Johnny Otero ritten fast täglich aus dem Talkessel, um nach dem Vieh zu sehen und Baldwins Rinder von den Weiden zu treiben.

Flynn hatte sich wieder etwas erholt und konnte sich aufsetzen. Es würde noch lange dauern, bis er wieder in den Sattel steigen konnte. Aber er hatte die Zügel wieder in die Hand genommen und teilte den Leuten ihre Arbeit zu.

Flint fühlte sich ein wenig ausgestoßen aus dieser Arbeitsgemeinschaft. Er stand, seit die Verhältnisse fast normal geworden waren, ohne eine Aufgabe herum.

Jeden Tag nahm er sich vor, in sein Versteck zurückzukehren. Aber er traute dem Frieden nicht. Es paßte gar nicht zu Baldwin, den Kampf ohne jede Gegenwehr aufzugeben. Er hatte einen Teil seines Viehbestandes verkauft. Aber er war nicht abgereist und hielt noch immer einen Teil von Nugents Land besetzt.

Eines Tages ritt Pete Gaddis aufgeregt in das Tal.

»Nugent ist tot«, berichtete er, als er vom Pferd gestiegen war. »Sie haben ihn auf dem Hof seiner Ranch gefunden. Herzschuß.«

»Buck Dunn«, sagte Rockley.

»Kann sein«, meinte Gaddis und sah zu Flint hinüber.

Nancy bemerkte den Blick und wußte, was er bedeuten sollte. Flint hatte gesagt, er könnte der ganzen Sache ein Ende machen. Und jetzt war Nugent tot.

Flint blickte von Nancy zu Gaddis. »Was ist denn los?«

Gaddis trat ein paar Schritte zurück. »Irgendwas ist hier faul«, sagte er ruhig. »Baldwin hätte sich nach der Verfügung nicht so ruhig verhalten, wenn er nicht erst etwas anderes vorgehabt hätte.«

»Zum Beispiel?«

»Nugent ist tot.«

»Und?«

»Damit hat Baldwin einen Gegner weniger.«

Flint wartete eine Weile, bevor er antwortete. So sah es also aus. Gaddis glaubte, er hätte Nugent erschossen und wollte auch Nancy umbringen.

»Und was könnte ich damit erreichen?« fragte er schließlich. »Damit Sie klar sehen: Ich habe die Verfügung gegen Baldwin beantragt und durchgesetzt.«

»Ach nein.« In Gaddis' Stimme war kalter Hohn. »Flint, Sie sind ein verdammter Lügner!« Seine Hand lag auf seinem Oberschenkel, dicht neben seinem Revolver.

Flint rührte sich nicht. »Versuchen Sie es nicht, Gaddis«, sagte er warnend. »Ich will Sie nicht erschießen.«

»Haben Sie Angst vor einem fairen Kampf?« fragte Gaddis eisig. »Sie schießen ja sonst immer von hinten, nicht? Aber diesmal können Sie sich die Stelle nicht aussuchen. – Zieh!«

»Nein!« Nancy stellte sich zwischen Gaddis und Flint. »Lassen Sie das, Pete! Ich dulde keine Schießereien!«

Sie wandte sich zu Flint. »Ich glaube, es ist besser, wenn Sie gehen.«

»Natürlich.« Er nickte ihr zu und ging zu seinem Pferd.

Gaddis wandte sich an Nancy. » Sie machen einen Fehler, wenn Sie ihn gehen lassen«, sagte er hitzig. »Ich bin sicher, daß er es war, der Nugent umgebracht hat. Und er wird auch Sie töten.«

Nancy sah zu Flint hinüber, der seinen Hengst sattelte.

»Wann ist er angekommen?« fuhr Gaddis fort. »Als Baldwin hier eintraf. Und wahrscheinlich wird er auch wieder verschwinden, wenn Baldwin geht. Und gleich am ersten Tag hat er sich mit Nugent angelegt. Wahrscheinlich hat er damals schon nach einem Vorwand gesucht, ihn umzulegen.«

Nancy sagte nichts. Es klang alles logisch, was Gaddis vorbrachte. Und was wußte sie eigentlich von Flint?

»Ich glaube sogar, daß er Ed Flynn angeschossen hat«, schloß Gaddis boshaft.

» Soll ich einen Strick holen?« fragte Scott.

»Du bist verdammt rasch mit deinem Urteil, Pete«, wandte Rockley sich an Gaddis. »Das ist doch alles an den Haaren herbeigezogen. Ohne Flint wären wir jetzt nicht hier, das weißt du so gut wie ich. Was hast du eigentlich gegen ihn?«

Flint stieg in den Sattel. »Das möchte ich auch wissen«, sagte er und sah Gaddis an.

»Daß Sie Flint heißen. Das habe ich gegen Sie!« Gaddis' Augen sprühten Haß. »Ich dachte, wir hätten Sie damals erwischt.«

»Sie waren dabei, in The Crossing?« fragte Flint ruhig.

»Klar war ich dabei. Sie haben unseren Boß umgelegt, und als unser Vormann Sie in dem Saloon erkannte ...«

Flint lächelte. »Da habt ihr geschossen, als zwei andere Flints Arme festhielten.«

Gaddis wurde rot. »Ich ...«

»Es reichte euch nicht, daß ihr neun Mann wart, ihr mußtet ihn auch noch festhalten.«

Rockley sah Gaddis von der Seite an. »Das hast du uns wohl zu erzählen vergessen, was?«

»Er war ein verdammter Heckenschütze«, sagte Gaddis in hilfloser Wut. »Ein Meuchelmörder ...«

»Wie oft habt ihr auf ihn geschossen, Gaddis?« fragte Flint.

»Wieso? – Neun- zehnmal ungefähr.«

Flint riß sein Hemd auf. »Zehnmal also«, sagte er bitter. »Und wie viele Narben sehen Sie auf meiner Brust?«

Seine Haut war glatt und weiß. Ohne eine einzige Narbe.

»Sie sind ein verdammter Quatschkopf, Gaddis.« Sein Blick suchte Nancy. »Ich habe versucht, Ihnen zu helfen«, sagte er. Dann wandte er den Hengst und ritt fort.

Er war ein verdammter Narr gewesen, sich einzumischen. Von jetzt an würde er in seinem Versteck bleiben.

12

Als Lottie Kettleman in Alamitos aus dem Zug stieg, war sie so wenig auf die Stadt vorbereitet wie die Stadt auf Lottie Kettleman.

Hübsche Frauen waren eine Rarität im Westen, und eine schöne Frau, die nach der letzten Mode gekleidet war, bildete für Alamitos eine Sensation.

Gefolgt von einem schüchternen jungen Mann, der sich angeboten hatte, ihr Gepäck zu tragen, ging sie von der Station zum Hotel.

Es war nicht allzuviel, was die Stadt ihr bieten konnte. Ein paar halb zerfallene Häuser, die Cottonwood-Bäume, und ein Dutzend Männer, die stehenblieben und ihr nachstarrten.

Was sie überraschte, war der Himmel. Er war von einem so tiefen Blau, das sie nie zuvor gesehen hatte.

Sie trat in die Hotelhalle, und der Portier verbeugte sich dienstbeflissen. »Ich bin Mrs. Kettleman«, sagte sie selbstbewußt. »Ich bin avisiert.«

Eine Viertelstunde später saß sie Port Baldwin gegenüber. »Wo ist er?« fragte sie aufgeregt.

»Das möchte ich auch gerne wissen«, sagte Baldwin mißmutig. »Ich kenne ihn nicht, und der Telegrafist konnte keine brauchbare Beschreibung von ihm geben. Aber ein paar von meinen Männern suchen nach ihm.«

»Das ist doch lächerlich«, sagte Lottie aufgebracht. »Ein Mann wie Kettleman wird doch in diesem kleinen Drecknest zu finden sein. Außerdem ...« Sie unterbrach sich und überlegte, ob sie Baldwin erzählen sollte, daß Kettleman Magenkrebs hatte und bald sterben würde. Aber er brauchte ja nicht alles zu wissen. »Ich werde die Sache in die Hand nehmen«, sagte sie entschlossen.

»Ich bin die einzige, die ihn kennt, und ich werde ihn finden.«

»Wissen Sie, was er hier überhaupt will?« fragte Baldwin.

»Ich weiß es nicht«, sagte Lottie, »und ich verstehe es auch nicht.«

Als sie allein in ihrem Zimmer war, dachte sie über Baldwins Frage nach. Für sie war es nicht so wichtig, zu wissen, warum er in den Westen gegangen war, als warum er von New York und von ihr fortgegangen war.

Erst nach seinem Verschwinden vor drei Monaten hatte sie durch den Arzt erfahren, daß Kettleman sterben mußte. Wenn er tot war, wurde sie eine reiche Frau, allerdings nur, falls er sie nicht testamentarisch enterbt hatte. Und ihre Unterredungen mit Rechtsanwalt Burroughs hatten ihr wenig Hoffnungen gemacht, daß ihr Mann ihr auch nur einen Cent hinterlassen würde. Und falls er einfach nicht auffindbar war, würde es ohnehin sieben Jahre dauern, bevor die Erbfragen geregelt werden konnten.

Sie setzte sich vor den Spiegel und begann, sich zu kämmen. Sie tat das immer, wenn sie aufgeregt oder sehr beunruhigt war.

Eine andere Frau! Das mußte es sein. Sonst wäre seine Handlungsweise überhaupt nicht zu erklären.

Unwahrscheinlich, beruhigte sie sich gleich wieder. James hatte sich nie ernsthaft für andere Frauen interessiert. Und wenn ein Mann weiß, daß er bald sterben muß …

Sie mußte ihn finden, das war alles. Sie mußte ihn finden und ihm ein bißchen um den Bart gehen, damit er sein Testament zu ihren Gunsten abänderte.

Sie war immer noch in Gedanken versunken, als Baldwin in ihr Zimmer trat, um sie zum Essen abzuholen.

Ein Mann auf einern rotbraunen Hengst ritt an dem Hotel vorbei, und Lottie erstarrte.

»Da ist wieder dieser Flint«, sagte Baldwin wütend. »Der Kerl hat ein Leben wie eine Katze. Mir hat er schon eine Menge Schwierigkeiten gemacht.«

»Das glaube ich gerne«, sagte Lottie trocken. »Dieser Mann ist James T. Kettleman.«

Baldwin schüttelte den Kopf. »Unsinn. Flint heißt er.«

»Wetten?« Sie beugte sich aus dem Fenster. »Hallo, Jim.«

Der Reiter hielt sein Pferd an und wandte sich um. »Hallo, Lottie«, sagte er ohne Überraschung, »Warum bist du nicht zu Hause geblieben?«

»Ist das alles, was du mir zu sagen hast?« fragte sie vorwurfsvoll.

»Wir hatten uns nie viel zu sagen«, stellte Flint fest. Er sah Baldwin hinter ihrem Fenster. »Außerdem bist du ja in guter Gesellschaft.« Er gab die Zügel frei, und der Hengst setzte sich wieder in Bewegung.

»Also das ist Kettleman«, sagte Baldwin kopfschüttelnd. Er hatte immer geglaubt, daß ihn nichts mehr überraschen könnte. »Das ist wirklich toll.«

»Wissen Sie, wohin er jetzt reitet?« erkundigte sich Lottie.

Port Baldwin nahm die kalte Zigarre aus dem Mund. »Höchstwahrscheinlich wieder zu dieser Frau, dieser Carrigan. Einen schlechten Geschmack hat er nicht«, setzte er fast anerkennend hinzu. »Kommen Sie jetzt essen?«

»Danke. Ich habe keinen Appetit mehr.« Sie wandte ihm den Rücken zu.

Baldwin hatte auch keine Lust mehr zum Essen. Er ging auf sein Zimmer und setzte sich auf das Bett.

Flint und Kettleman waren also ein und dieselbe Person. Bis dahin hatte sich Baldwin um die Verfügung Richter Hatfields wenig Gedanken gemacht. Es gab ja niemanden, der sie durchsetzen konnte. Keine Polizei, nicht einmal einen Sheriff. Aber wenn Kettleman selbst hier war …

Schon einmal hatte er durch Kettleman sein Vermögen verloren, und diesmal hatte er sein ganzes Geld in den Rindern investiert. Es waren zu viele für die Nugent Ranch, und seine Männer hatten kein großes Interesse, gewaltsam mehr Land zu besetzen. Flints Massaker im Saloon und der Empfang auf der Kybar-Ranch hatten seine kleine Truppe demoralisiert.

Kettleman, oder Flint, mußte weg. Vielleicht schafften es Saxon und sein Kumpel. Tausend Dollar waren ein guter Kopfpreis für solche Ganoven.

Es war die einzige Lösung. Mit Kettlemans Tod konnte er die Lage hier retten und auch noch in New York ein Geschäft machen, wenn er seine Karten richtig spielte. Kettlemans Tod würde die Börse in Bewegung bringen, und wenn man die richtigen Papiere kaufte …

Flint hatte bereits die Stadt hinter sich gelassen, als er umkehrte und zum Saloon zurückritt. Nach der unerwarteten Begegung mit seiner Frau brauchte er einen Drink.

Rockley saß an der Bar, neben ihm hockte ein alter Indianer.

Rockley ging Flint entgegen und lächelte ihn an. »Kommen Sie zu uns?«

Flint nickte und lehnte sich neben ihm an die Bar.

»Wir wissen jetzt, daß Buck Dunn auf Flynn geschossen hat«, sagte Rockley, nachdem er eingeschenkt hatte. »Milt ist unser Pfadfinder, er sucht uns versprengte Rinder.« Er deutete auf den Indianer. »Er hat Buck Dunns Spuren gefunden.«

Flint sagte nichts.

»Die Chefin ist ziemlich nervös, seit Sie fort sind«, sagte Rockley nach einer Weile.

»Sagen Sie ihr, sie braucht sich keine Sorgen zu machen. In ein paar Tagen habe ich Baldwin aus der Stadt gejagt.« Er stand auf.

»Der Barkeeper sagt, Sie sind nicht Flint«, Rockley musterte ihn vorsichtig. »Er hat den richtigen Flint in Abilene gekannt. Sie sind nicht alt genug, sagt er.«

»Ich habe nie behauptet, daß ich der richtige Flint bin.«

»Aber Sie haben ihn gekannt. Sie wußten, daß er festgehalten wurde, als sie ihn erschossen.«

»Er war ein guter Mann – auf seine Art«, sagte Flint. »Die Rancher bezahlten ihn, daß er die Leute vertrieb, die sich auf ihrem Land festsetzten. Flint glaubte, daß die Rancher im Recht waren, und er führte einen regelrechten Krieg für das Recht. Erst kurz vor seinem Tod sah er ein, daß er im Unrecht war. Niemand kann mit einem Revolver Recht sprechen.«

Flint wandte sich zum Gehen, zögerte dann noch einen Augenblick. »Einmal hat er einem kleinen Jungen geholfen«, sagte er leise.

»Was für einem Jungen?«

»Einem, der die Hilfe dringend brauchte und der sie nie vergessen hat.«

Flint setzte seinen Hut auf und ging hinaus.

Rockley sah ihm nach und blickte dann zu dem alten Indianer hinüber. »Der Junge von The Crossing«, sagte er fast tonlos.

13

Am folgenden Tag war Flint wieder in Alamitos. Aus der Halle des Hotels hörte er ein ihm bekanntes Lachen, und er ging hinein.

Lottie und Port Baldwin saßen an einem Tisch nahe der Tür, und Flint nickte ihnen flüchtig zu, als er vorbeiging.

Lottie blickte ihm nach, und es schien ihr fast unglaublich, daß dieser braungebrannte, gutaussehende Mann tatsächlich derselbe war, den sie geheiratet hatte.

»Ich möchte ihn einmal erwischen«, hörte sie Baldwin knurren.

»Sie haben ihn doch schon einmal erwischt«, sagte Lottie spöttisch. Baldwin hatte ihr erzählt, daß seine Männer Flint halbtot geschlagen hatten und daß er anschließend vier von ihnen erschossen hatte.

»Ich will ihn ohne seine Kanone erwischen.« Baldwin ballte seine riesige Faust. »Diesmal würde ich ihn prügeln, bis er wirklich tot ist.«

»Ich würde es lieber lassen, Port«, sagte sie kühl. »Ich glaube, er bringt uns beiden immer nur Unglück.«

»Nicht, wenn er tot ist.«

Lottie warf einen schnellen Blick durch den Raum. Flint saß in der Nähe des Fensters. Er wirkte nicht im geringsten krank und schon gar nicht wie ein Mann, der kurz vor dem Sterben steht.

Aber wenn er starb, hier in Alamitos, würde sein Geld ihr gehören. Ein guter Anwalt würde das schon hinkriegen. All seine Millionen – und dann das Leben, nach dem sie sich immer gesehnt hatte. Reisen und Luxus – Paris, Rom, London …

»Ich werde mit ihm reden«, sagte sie.

Baldwin lächelte spöttisch. »Glauben Sie, daß er Ihnen noch zuhört?«

»Lassen Sie das meine Sorge sein.« Sie stand auf und ging durch den Saal. Das Gefühl, alle Augen auf sich zu ziehen, als sie zwischen den Tischen hindurchging, gab ihr eine wohltuende Befriedigung.

Flint erhob sich und rückte einen Stuhl für sie zurecht. »Bitte setz dich. Nimmst du mir übel, wenn ich mich nicht übermäßig freue, dich zu sehen?«

Sie machte ein mitleidiges Gesicht. »Du bist krank, Jim. Warum bist du nicht in New York geblieben, wo ich für dich sorgen kann?«

»Also hat er es dir erzählt.« Er trommelte mit den Fingern auf die Tischplatte. »Ich hätte nie zu diesem alten Scharlatan gehen dürfen.«

»Er ist der beste Arzt in New York.«

»Er ist in Mode, solltest du sagen. Was in Mode ist, muß nicht gut sein.«

»Kommst du zurück?«

»Natürlich nicht.«

»Nein? – Und was wird aus mir, Jim?« Sie sah ihn hilfesuchend an. »Ich kann nicht von hundert Dollar leben.«

»Nein, das kannst du nicht«, sagte er sarkastisch. »Ich erwarte es auch nicht. Wie ich dich kenne, wirst du sehr bald einen Mann finden, der dir ein standesgemäßes Leben bieten kann.«

»Ich will nicht heiraten, Jim.«

»Natürlich nicht. Du wolltest auch mich nicht heiraten. Aber die Heirat war der einzige Weg, um dein Ziel zu erreichen. Und du wirst wieder jemanden heiraten, weil dir kein anderer Weg bleibt.«

Sie sah ihn von der Seite an. »Hast du eine andere Frau?«

»Wenn ich nur noch ein paar Wochen zu leben habe? – Nein, ich habe keine andere Frau.«

Nancy Carrigan. – Ein Traum, der dem hellen Licht des Tages nicht standgehalten hatte. Und es war gut so, für ihn und für sie. Eine Zeitlang hatte sie ihn vergessen lassen, daß es für ihn keine Zukunft mehr gab, weder mit ihr noch alleine.

Er war ihr fast dankbar, daß sie sich gegen ihn gestellt hatte, als es darauf ankam; daß sie ihn fortgeschickt hatte.

Lottie musterte ihn verstohlen, und sie spürte, daß seine Gedanken weit fort waren. Und daß sie nie wieder zu ihr zurückkehren würden.

»Ich war dir keine gute Frau, Jim«, sagte sie leise.

»Stimmt.« Er schob seinen Stuhl zurück und nickte ihr zu. »Ich reite fort«, sagte er sachlich. »Und ich glaube nicht, daß ich noch einmal zurückkomme. Leb wohl, Lottie.«

»Wohin gehst du?« Sie versuchte, die Verzweiflung aus ihrer Stimme zu verbannen.

»Interessiert dich das wirklich?«

»Du kannst mich doch nicht einfach stehen lassen, Jim«, sagte sie angstvoll. »Ich – ich habe kaum noch Geld genug für die Rückreise nach New York.«

Er sah sie an, und er fühlte kein Mitleid, nur noch leisen Ekel. »Ich habe dich nicht gebeten, herzukommen. Ich bin nach New Mexiko gegangen, um in Ruhe sterben zu können. Allein. Ohne dich.«

Sie sah ihn mit einer plötzlich aufsteigenden Wut an, die ihr jede Hemmung nahm. »Diese kleine Kröte ist daran schuld«, schrie sie. »Dieses billige Ranch-Flittchen!«

Er lächelte amüsiert. »Lottie, das Mädchen ist weder klein noch billig. Und sie ist etwas, was du nie sein wirst: eine Dame. Du hast nur dein Aussehen, sie hat Qualitäten – und Herz. Und, offengestanden, wenn ich noch ein paar Jahre zu leben hätte und sie mich wollte –, er machte eine wegwerfende Handbewegung.

»Warum rede ich von Dingen, die nicht mehr zu ändern sind?«

»Ich bin froh, daß du sterben mußt«, sagte Lottie gehässig. »Und wenn du stirbst, denke an mich. Denn ich werde noch lange leben. Und nicht schlecht.«

Er hatte noch nie so viel Haß und Niedertracht in einem Gesicht gesehen, aber es ließ ihn kalt. Er fühlte nicht einmal mehr Ekel, nur noch eine Art distanziertes Mitleid. »Nein, du wirst nicht gut leben, Lottie«, sagte er ruhig. »Die anständigen, bescheidenen Frauen werden all das erreichen, was du so hemmungslos und mit allen Mitteln für dich haben willst. Du wirst es nie haben, das weiß ich heute, und eines Tages wirst du alt und verbraucht und leer sein. Du tust mir leid, Lottie, sehr leid.«

Er wandte sich um und ging aus dem Hotel.

Vor der Tür stand er einen Augenblick still. Ein Reiter kam die Straße herunter. Es war Buck Dunn.

Buck Dunn sah Flint vor dem Hotel stehen, ließ sich aber nicht anmerken, daß er ihn bemerkte. Ruhig ritt er vorbei, beide Hände an den Zügeln, den Blick geradeaus gerichtet.

Buck Dunn war kein Raufbold. Er war Geschäftsmann, und weil er mit seinem Revolver umgehen konnte, benutzte er ihn als Mittel zum Zweck. Er schoß nie, wenn er nicht dafür bezahlt wurde. Nicht einmal, wenn man ihn provozierte.

In Silver-City hatte ein Mann ihn einmal einen Lügner genannt. Jeder andere hätte daraufhin zur Waffe gegriffen. Buck Dunn hatte ihn nur kühl angesehen und gesagt: »Sie können von mir denken, was Sie wollen.«

Wütend hatte der Provokateur geschrien: »Ich kann schneller ziehen als Sie«, und seine Hand hatte über seinem Kolben gelegen, in Erwartung von Buck Dunns Angriff.

Buck Dunn hatte sich nicht einmal nach ihm umgewandt. Gelangweilt sagte er: »Okay, Sie sind schneller als ich.« Dann hatte er ruhig sein Bier ausgetrunken und war gegangen.

Port Baldwin wartete schon auf ihn, als Buck Dunn wie üblich über die Hintertreppe in sein Zimmer kam.

Baldwin zog die Brieftasche, blätterte ein paar Noten auf den Tisch und schob sie Buck Dunn zu.

»Wofür?« fragte Buck Dunn und griff nach dem Geld.

»Flint.« Er steckte die Brieftasche wieder ein. »Sie kriegen noch einmal soviel, wenn er tot ist.«

Buck Dunn schob das Geld zurück. »Nichts zu machen.«

»Und warum nicht?«

»Zu schwierig. Flint hat keine Gewohnheiten.«

»Gewohnheiten?«

Buck Dunn nickte. »Er hat keinen festen Wohnsitz, keine Bekannten, keinen regulären Tagesplan. Wenn ein Mann irgendwo arbeitet, Freunde hat, die er besucht, gewisse Gewohnheiten hat, ist es kein Problem. Flint kommt und geht, wie es ihm paßt. Das macht ihn schwierig und gefährlich.«

»Dreitausend«, sagte Baldwin erwartungsvoll.

»Nicht für zehn. Ich habe Ihnen schon einmal gesagt, ich bin Geschäftsmann. Ich arbeite gerne mit kleinem Risiko. Außerdem habe ich bald genug. In ein, zwei Jahren höre ich auf und kaufe mir eine Ranch, möglichst weit weg von hier.«

Baldwin strich über sein Kinn. Er war wütend über Buck Dunns Ablehnung. Und er war beunruhigt. Buck Dunn war seine letzte Hoffnung gewesen. Saxon und sein Kumpan hatten bis jetzt nichts erreicht, und er hatte wenig Hoffnung, daß sie mit Flint fertig werden würden.

Aber Flint mußte aus dem Weg. Mit Flints Tod stand oder fiel sein ganzer Plan. Wenn Flint am Leben blieb, war Baldwin ruiniert, und diesmal endgültig. Wenn er starb, wurde er reich.

Vielleicht sollte er Lottie und ihren Vater wieder ins Spiel bringen, überlegte er.

Flint mußte einfach sterben – und wenn er ihn selbst umbrachte.

14

Jeder in Alamitos spürte die Spannung, die in der Luft lag. Die Straßen lagen fast menschenleer in der Abenddämmerung. Red Dolan, der Barkeeper des Saloons, blickte unruhig hinaus, als er die Gläser polierte. Dann ging sein Blick zu den fünf Männern Baldwins hinüber, die an einem Ecktisch saßen, und von ihnen zu Rockley und Scott. Offenbar hatten Baldwins Männer die beiden Cowboys der Carrigan-Ranch nicht erkannt. Aber das konnte jeden Augenblick passieren.

Vor dem General-Store stand der Planwagen der Carrigan-Ranch. Gaddis und Otero luden Waren auf, die Nancy eingekauft hatte. Nancy bezahlte die Einkäufe und ging dann zum Hotel hinüber.

Die Hotelhalle war leer, als sie eintrat. Nur eine junge, rothaarige Frau saß an einem der kleinen Tische. Mit unverhohlener Neugierde musterte Nancy ihre kostbare Garderobe und erschrak, als sie dem feindseligen Blick der Frau begegnete.

Als sie sich gesetzt und einen Kaffee bestellt hatte, stand die Frau auf und trat an ihren Tisch.

»Miß Carrigan, nicht wahr? Ich bin Lottie Kettleman.«

Nancy deutete auf einen Stuhl. »Wollen Sie sich zu mir setzen«, sagte sie freundlich. »Sind Sie schon lange in Alamitos?« fragte sie dann höflich.

»Soll das ein Witz sein?« fragte Lottie eisig. »Sie wissen doch ganz genau, seit wann ich hier bin. Ich sagte Ihnen doch, ich bin Lottie Kettleman. Die Frau von James T. Kettleman.«

Nancy sah sie verwirrt an. »Ich verstehe nicht ...«

»Sie verstehen sehr gut«, sagte Lottie. »Sie sind in

letzter Zeit ziemlich oft mit meinem Mann zusammen gewesen.«

»Ich fürchte, Sie irren sich.« Nancy begann, sich über die Aufdringlichkeit der Frau zu ärgern. »Ich habe so gut wie keine Bekannten. Und einen Mr. Kettleman kenne ich ganz bestimmt nicht.«

»Aber einen Jim Flint.«

»Natürlich.« Nancy richtete sich ein wenig auf und faltete die Hände in ihrem Schoß. »Es gibt wohl kaum jemanden hier, der ihn nicht kennt.«

»Und Sie wissen nicht, daß Flint in Wirklichkeit James Kettleman heißt?«

»Nein. Und es interessiert mich auch nicht.« Sie rührte in ihrer Kaffeetasse, und dabei fiel ihr das Gerücht ein, daß der Finanzier Kettleman sich in der Gegend aufhielte. »Wollen Sie etwa sagen, Jim Flint ist dieser Kettleman?« fragte sie überrascht.

Lottie nickte. »Und mein Mann«, sagte sie betont.

Das also war seine Frau, dachte Nancy und sah Lottie prüfend an. Schön war sie, aber kalt und oberflächlich.

Immerhin, gestand sie sich ein, es gab eine Verbindung zwischen ihr und Jim Flint, ein wortloses, unausgesprochenes Verstehen.

»Ich kenne ihn nur als Jim Flint«, sagte sie ruhig. »Und wenn er Kettleman heißt und Ihr Mann ist, so berührt mich das nicht.«

Sie fühlte die Unsicherheit in ihren Worten. Sie hatte nie gedacht, daß Jim verheiratet sein konnte. Er hatte nie irgendwelche Annäherungsversuche gemacht. Aber er hatte sich für sie interessiert – als Frau. Und sie hatte zum erstenmal in ihrem Leben Interesse für einen Mann gespürt – mehr als Interesse.

Aber was wollte er nun hier? Warum nannte er sich Flint?

»Ist Ihr Mann geschäftlich in Alamitos?« fragte sie Lottie.

Lottie Kettleman antwortete nicht gleich. Sie fühlte sich durch Nancy in die Defensive gedrängt, und sie wollte die andere Frau doch verletzen erschrecken, ihr die Sicherheit nehmen. »Er ist hergekommen, um zu sterben«, sagte sie langsam. »Wußten Sie nicht, daß er an Krebs leidet?«

Nancy starrte sie an, und es dauerte eine ganze Weile, bis sie begriff. »Krebs?« wiederholte sie tonlos. »Er hat Krebs?«

»Ja, Krebs.« Es tat ihr wohl, das Wort zu wiederholen und dabei in Nancys verstörtes Gesicht zu sehen. »Sie können ihn gerne haben, wenn Sie ihn wollen. Nur, er wird Ihnen nicht lange bleiben.«

Jim muß sterben, dachte Nancy entsetzt. Und jetzt begriff sie auch, warum er nie Angst gehabt hatte. Ein Sterbender fürchtet den Tod nicht mehr.

»Warum sind Sie nicht bei ihm, wenn er krank ist?« Ihre Stimme hatte eine ungewohnte Schärfe. Sie dachte an den Mann, der jetzt irgendwo allein war, krank, den Tod vor Augen – und allein. »Es ist Ihre Pflicht, sich um ihn zu kümmern.«

»Sterben kann er auch alleine«, sagte Lottie kalt. Sie ärgerte sich, daß sie dieses Gespräch überhaupt begonnen hatte. Es hatte zu nichts geführt, und sie wußte, daß es auch zu nichts führen würde.

»Gehen Sie zu ihm«, bat Nancy noch einmal. »Sie sind doch seine Frau. Sie müssen ihm helfen. Sie können ihn doch nicht alleine sterben lassen.«

»Doch, das kann ich. Dazu ist er ja hergekommen. Um allein zu sterben. Nur, um mir mein rechtmäßiges Erbe vorzuenthalten.« Sie stand auf und musterte Nancy von oben herab. »Warum übernehmen Sie es nicht, wenn er Sie so sehr interessiert?«

Sie wandte Nancy den Rücken zu und ging aus der Halle auf die Straße. Eine hilflose Wut stieg in ihr auf. Und Angst. Was sollte werden, wenn Jim wirklich irgendwo starb? Wovon sollte sie leben? Es würde alles wieder so werden wie früher; die Angst vor dem Hauswirt, die Gesellschaft von Männern, die zu viel tranken und ihr in den Ausschnitt starrten. Das Leben mit Kettleman hatte sie verwöhnt, und jetzt war es dahin.

Es gab nur noch eine Möglichkeit. Er durfte nicht aus der Stadt. Er mußte hier sterben, wo es Zeugen für seinen Tod gab.

Die Lichter des Saloons tauchten auf, und sie hörte das Klimpern eines verstimmten Klaviers. Die Tür ging auf und ein Mann kam heraus. Es war Jim.

Sie griff in ihre Handtasche, zog die kleine, elfenbeinbeschlagene Pistole heraus und drückte sich in den Schatten der Hauswand. Kühl schätzte sie die Entfernung ab und hob die Waffe.

In diesem Augenblick hörte sie Schritte. Und dann sah sie Nancy Carrigan. Sie hatte gerade noch Zeit, die Waffe hastig in die Handtasche zu stecken.

»Ich würde es lieber lassen«, sagte Nancy ruhig. »Wenn Sie vorbeischießen, sind Sie tot.«

»Ich weiß nicht wovon Sie reden.«

Nancy lächelte. »Ein Mann wie Jim schießt zurück.«

Lottie starrte sie an. Ein paar Sekunden lang. Dann wandte sie sich ab und ging schnell zum Hotel zurück.

Sie war fast froh, daß Nancy sie daran gehindert hatte, auf Jim zu schießen. Sie war nicht sicher, ob sie ihn getroffen hätte. Außerdem hätte sie jemand sehen können, und sie hatte keine Lust, den Rest ihres Lebens in einer Zelle zuzubringen. So ein Geschäft ließ man besser durch jemand anders erledigen.

Sie besaß wenig Bargeld. Es war wirklich kaum genug für die Rückreise. Aber eine Frau braucht ja nicht unbedingt mit Geld zu bezahlen.

Sie hatte das Hotel erreicht. Von der Hintertreppe hörte sie leise, vorsichtige Schritte. Und dann sah sie den Schatten eines Mannes. Für einen Augenblick wurde sein Gesicht vom Licht aus einem der Fenster erhellt. Es war Buck Dunn.

Sie wollte eben auf ihn zugehen, als vom Saloon eine Salve von Schüssen krachte.

Buck Dunn preßte sich gegen die Wand.

Wieder krachten Schüsse. Dann war es still. Lottie sah, wie die Saloon-Tür sich öffnete. Ein Mann stolperte heraus, fiel in die Knie, versuchte, sich aufzurichten. Ein anderer Mann kam aus der Tür und schoß ihm in den Kopf.

Buck Dunn löste sich aus dem Schatten der Wand, kam die letzten Stufen herab und wollte an Lottie vorbei zu seinem Pferd. Sie vertrat ihm den Weg. »Warten Sie, Buck Dunn. Ich muß mit Ihnen sprechen.«

15

Die Schießerei im Saloon war nicht urplötzlich ausgebrochen zwischen Baldwins Männern und den Reitern der Kybar-Ranch, obgleich die Situation explosiv genug geworden war, nachdem Gaddis und Otero zu den anderen an die Bar gegangen waren. Baldwin selbst hatte für den Funken gesorgt.

Vor seinem Hotelfenster hatte er Flint auf der Straße gesehen. Eilig rief er Saxon und seinen Kumpan zu sich. »Sucht euch einen guten Platz am Eingang zum Saloon«, hatte er ihnen befohlen. »Ich schicke jemanden hinein, der einen Streit mit den Kybar-Leuten anfängt. Wenn Flint die Schüsse hört, kommt er gelaufen. Und dann könnt ihr ihn in aller Ruhe abschießen.«

Zehn Minuten später betraten Sandoval und Alcott den Saloon. Sandoval wurde in Texas und Sonora steckbrieflich gesucht. Ein kalter, brutaler Mörder, gefährlich wie eine Klapperschlange.

»Pete«, sagte Dolan leise zu Gaddis. »Macht, daß ihr hinauskommt, sonst gibt es ein Unglück.«

Gaddis sah zu den beiden hinüber. Es waren jetzt sieben von Baldwins Männern im Saloon, und fünf Leute von der Kybar-Ranch.

»Okay«, sagte Gaddis und stellte sein Glas auf die Theke. »Kommt, Leute.«

»Geht nur, wenn ihr wollt«, sagte Ryan gemütlich. Er saß mit dem Rücken zur Theke und sah zu den sieben Baldwin-Reitern hinüber. »Das Theater lasse ich mir nicht entgehen.«

Gaddis sah unter Ryans langer Jacke den Lauf seiner Winchester-Büchse. Er trug sie am langen Riemen, die Mündung nach unten. Gaddis hatte ein paarmal erlebt, wie schnell er das Ding hochschleudern konnte, rascher, als die meisten Menschen einen Revolver ziehen.

Er wollte Ryan noch zureden, mitzukommen, aber es war schon zu spät.

»He, ihr da!« brüllte Alcott durch den Raum. »Ihr seid doch die Schlappschwänze, die sich von einem Weiberrock herumkommandieren lassen, nicht.«

Die Kybar-Leute an der Bar fuhren herum. Ein schlaksiger Junge unter Baldwins Männern riß den Revolver heraus. Im selben Augenblick zog Ryan die Mündung seiner Waffe blitzschnell hoch, und der Schuß traf den Jungen in den Magen.

Es schrie auf, stolperte zurück, stützte sich im Fallen auf den Tisch und riß ihn um.

Es war Zufall, reiner Zufall, daß der Tisch umstürzte. Aber er entschied das Gefecht, bevor es richtig begonnen hatte. Baldwins Männer waren ein, zwei Sekunden lang verwirrt, unfähig zu schießen.

In den zwei Sekunden brachte Gaddis zwei Schüsse an. Auf vier Meter Entfernung kann man nicht vorbeischießen, und zwei Männer stürzten zu Boden. Ryan hatte sein Gewehr mit der linken Hand beim Lauf gepackt und schoß aus der Hüfte, so rasch er den Ladehebel herumwerfen konnte.

Mit einem gewaltigen Satz sprang Alcott in Deckung. Eine Kugel aus Ryans Gewehr zersplitterte das Holz dicht neben seinem Kopf. Er wußte, daß er ein toter Mann war, wenn er auch nur eine Sekunde länger blieb. Er hob beide Arme vor den Kopf und sauste im Hechtsprung durch das geschlossene Fenster.

Drei Mann waren noch auf den Beinen. Sandoval und zwei andere, und auf sie konzentrierte sich das Feuer. Innerhalb von Sekunden lagen auch sie am Boden, und so plötzlich, wie die Schießerei begonnen hatte, war sie vorbei. Von den Kybar-Reitern hatte keiner auch nur einen Kratzer.

»Machen wir ganze Arbeit«, sagte Ryan entschlossen. »Ein paar von den Burschen müssen noch in der Stadt sein.«

»Okay«, sagte Gaddis. Sie drängten zur Tür.

Flint war nicht gelaufen gekommen, wie Baldwin angenommen hatte. Als die Schießerei begann, lag er nackt auf dem Untersuchungstisch von Dr. McGinnes, einem alten Armee-Arzt, der den Bürgerkrieg und ein paar Indianer-Kriege hinter sich hatte.

»Was fehlt Ihnen?« fragte Dr. McGinnes, als er die Untersuchung begann.

»Krebs«, sagte Flint, »Magenkrebs.«

McGinnes' Hände fuhren über seine Magengrube. »Wer hat Ihnen das gesagt?«

»Dr. Culberton. Sie kennen ihn sicher. Er ist eine Kapazität.«

»Eine Kapazität für Hypochonder und neurotische Weiber, die zu wenig zu tun haben«, sagte McGinnes grob. »Haben Sie Gewicht verloren?« Die Hände tasteten immer noch über den Magen, zuerst vorsichtig, dann härter zupackend.

»Nein. Ich habe sogar etwas zugenommen.«

»Aha.« Der Arzt untersuchte ihn gründlich und eingehend, wobei er ein paar weitere Fragen stellte. Dann richtete er sich auf. »Sie haben so wenig Krebs wie ich«, sagte er trocken. »Was Sie schmerzt, ist ein Magengeschwür. Haben Sie Blut gebrochen?«

Flint nickte. »Eine ganze Weile. Aber seit einer Woche ist es vorbei. Auch die Schmerzen. Ich dachte, die letzte Phase …«

»Ganz normal«, nickte der Arzt. »In New York haben Sie unter ständigem Druck gelebt, wenig Schlaf, unvernünftig gegessen, zu viel gearbeitet, stimmt's?« Er wartete Flints Antwort nicht ab. »Seit Sie hier sind, schlafen Sie besser, sind viel in der Luft, essen normal.«

»Fast nur Rindsbrühe«, sagte Kettleman, »so gut wie

ungewürzt. Und vor allem hatte ich keine Sorgen mehr.«

»Ach nein.« Der alte Arzt zog die Augenbrauen in die Höhe. »Was ich so erfahren habe von Ihren Eskapaden …«

Flint zuckte die Achseln. »Das hat mich kaum berührt. Ich setzte ja nur mein Leben aufs Spiel. Und mein Leben war ohnehin zu Ende.«

»Na, von jetzt an können Sie sich wieder um Ihr Leben Sorgen machen«, sagte der Arzt trocken. Er stopfte sich die Pfeife und zündete sie an, während Flint in seine Hose stieg und das Hemd überzog.

Er mußte nicht sterben. – Er würde leben! Seine Finger zitterten, als er den vollen Sinn von McGinnes' Worten begriff. Leben!

Schwere Schritte hallten über den Korridor, kamen auf die Tür zu. Der Schatten eines Mannes fiel auf die Mattglasscheibe.

Flint griff nach seinem Gürtel, riß den Revolver heraus und stellte sich hinter die Tür. Die Schritte gingen vorbei, irgendwo klappte eine Tür.

Flint steckte den Revolver in den Halfter. »Wissen Sie was, Doc«, grinste er. »Eben habe ich zum erstenmal richtig Angst gehabt.«

»Sie haben jetzt wieder etwas zu verlieren, mein Junge«, sagte der Arzt und blies eine Rauchwolke zur Decke. »Übrigens, Nancy hat mich damals geholt, als Sie von Baldwins Männern zusammengeschlagen worden waren. Ich glaube, Sie hält sehr viel von Ihnen.« Die alten blauen Augen sahen Flint forschend an.

»Ich hätte sie ein paar Jahre früher treffen sollen«, sagte Flint mit einem bitteren Lächeln. »Ich bin verheiratet.«

»Weiß ich«, sagte McGinnes. »Ihre Frau kann man auch kaum übersehen. Sie wollen bestimmt nicht mehr zu ihr zurück?«

»Nein«, sagte Flint. »Sie hat mich einmal umbringen lassen wollen. Und ich bin sicher, sie wird es noch einmal versuchen.«

»Sie könnten sich scheiden lassen«, sagte McGinnes. »Ich weiß, manche Menschen haben etwas gegen Scheidung. Aber manchmal ist es der beste Ausweg, für alle.«

»Auch für Nancy?«

»Auch für Nancy«, sagte McGinnes mit Betonung. »Ich kenne das Mädchen seit ihrer Geburt. Ich möchte, daß sie glücklich wird.«

»Ich auch«, sagte Flint. Er steckte den zweiten Revolver in den Hosengürtel und nahm seinen Hut. »Was bin ich schuldig?«

»Zwei Dollar«, sagte McGinnes. »Sie können durch die Hintertür hinaus.«

Flint grinste. »Soviel Angst habe ich nun auch wieder nicht.« Er ging aus dem Haus und die Straße entlang. Es war ziemlich spät geworden, und die meisten Fenster waren dunkel. Im Hotel war nur noch ein Fenster im zweiten Stock beleuchtet. Das wird Lotties Zimmer sein, dachte Flint. Sie hat schon früher nie ins Bett finden können.

16

Im Hotelzimmer befanden sich Lottie und Buck Dunn. Sie saß zurückgelehnt in einem Schaukelstuhl, der Mann saß ihr gegenüber und blickte sie an, als habe er noch nie eine Frau gesehen. Und Buck Dunn hatte auch noch keine Frau wie Lottie Kettleman gesehen.

»Buck«, sagte Lottie leise, »ich möchte Sie um einen Gefallen bitten ...«

Eine Etage tiefer saß Port Baldwin auf seinem Bett. Er hatte kein Licht gemacht. Seit Buck Dunn ihm die Gefährlichkeit beleuchteter Fenster klargemacht hatte, war er ziemlich lichtscheu geworden. Er wartete, daß ihm Saxon Flints Tod meldete. Die Schießerei war lange vorbei, aber Saxon kam nicht. Baldwin ahnte, daß seine Falle nicht funktioniert hatte.

Im Saloon räumte Red Dolan auf, fegte die blutigen Sägespäne zusammen und karrte die Toten in eine Scheune. Flint sah ihn durch die offene Saloon-Tür, als er sich zu dem Stall begab, in dem er sein Pferd eingestellt hatte.

Lautlos glitt er zur offenen Tür des Stalles. Drinnen war es stockdunkel, und Flint hatte die unbestimmte Empfindung einer lauernden Gefahr.

Minutenlang blieb er im tiefen Schatten der Stallwand stehen. Aber es war nichts zu hören außer dem Schnarchen des Stallburschen, der in dem kleinen angebauten Schuppen schlief. Die Unruhe blieb. Flint ging um das Gebäude herum, bis zu dem offenen Corral, der sich an die Rückwand anschloß.

Wieder blieb er ein paar Minuten stehen. Die Nacht war mondlos und stockdunkel. Nur undeutlich erblickte er ein paar Pferde im Corral, neben der Hintertür sah er die klobigen Schatten von zwei Planwagen.

Geräuschlos ging er über die dicke Schicht von Heu, Stroh und Dung, die den Boden bedeckte. Neben der Tür blieb er stehen und horchte wieder in das Dunkel. Irgendwo trillerte eine Drossel, und ihr Gesang ließ die unheimliche Stille nur noch gefährlicher erscheinen.

In Gedanken legte sich Flint die Schritte zurecht, die er bis zu der Box gehen mußte, in der sein Hengst stand. Dann trat er in das Dunkel.

Seine Stiefel raschelten im Heu. Er stand wieder still und lauschte. Nichts. Kein Laut. Nur das leise Schnauben eines Pferdes.

Wieder machte er ein paar Schritte. Dicht neben sich hörte er plötzlich ein tiefes Seufzen. Gleichzeitig streifte irgend etwas seine Schulter. Es war eine Trense, die an einem Nagel an der Wand hing. Vorsichtig nahm er sie herab und warf sie in die Richtung, aus der er den Seufzer gehört hatte.

Das Eisen schlug mit einem klatschenden Geräusch auf. »Heh«, protestierte eine Stimme. »Ist dir nicht ganz wohl, Saxon?«

»Halt die Schnauze.« Die Stimme kam von der anderen Seite.

»Wenn du noch mal was wirfst …«

»Ich habe nichts geworfen.«

Sie waren plötzlich beide still. Eine angespannte, unruhige Stille, fast körperlich spürbar.

Lautlos ging Flint in die Knie. Seine Finger drangen durch die dicke Heuschicht und ergriffen eine Handvoll Sand. Wenn er richtig warf, war der Mann für eine ganze Zeit außer Gefecht gesetzt, überlegte er. Wenn nicht, war zumindest seine Aufmerksamkeit abgelenkt.

Er holte weit aus und warf. Er hörte einen erschreckten Schrei und wußte, daß der Sand in die Augen gedrungen war. Er machte einige Schritte in der Richtung des Schreies. Seine ausgestreckte Hand stieß an eine Schulter, und in der nächsten Sekunde schlug er mit der Handkante zu. Lautlos sackte der Mann um. Flint fing ihn auf und schlug noch einmal zu. Dann hob er ihn auf, trug ihn zur Tür und warf den leblosen Körper zu Boden.

»He, Strett«, kam eine erregte Stimme aus dem Dunkel. »Was ist ...« Flint hörte ein leises Rascheln, als der andere Mann zur Tür kroch. Er kniete neben seinem Kumpan zu Boden. »Bist du verletzt?«

Saxon hatte ein leises Rascheln und die zwei dumpfen Schläge gehört. Er nahm an, daß seinen Kumpan ein Pferd getreten hatte.

»Nehmen Sie ihn auf«, sagte eine Stimme aus dem Dunkeln.

Saxons Hand zuckte zum Revolver. Aber er ließ ihn stecken. Er saß im Licht, und der andere war unsichtbar im Dunkel.

»Nehmen Sie ihn auf die Schulter«, sagte die Stimme, »und mit beiden Händen bitte.« Die Stimme machte eine Pause, abwartend. »Ich habe keine Lust, Sie zu töten. Aber es würde mir auch nichts ausmachen.«

Saxon stand auf und hob sich den bewußtlosen Strett auf die Schulter.

Als Flint seinen Hengst aus der Box geholt hatte, stand Saxon noch immer an der Tür. Flint trat von hinten an ihn heran und zog ihm den Revolver aus dem Halfter.

»So, und jetzt gehen Sie die Straße entlang, bis nach Californien.«

»Californien?« wiederholte Saxon verständnislos. »Was sollen wir in Californien?«

»Das Land hat Zukunft«, sagte Flint trocken, »und hier habt ihr keine Zukunft mehr.«

Er sah Saxon nach, wie der mit seiner Bürde die Straße entlangstolperte, dann stieg er in den Sattel und ritt langsam fort. Als er die Stadt hinter sich hatte, bog er nach Süden ab, überquerte einen kleinen Bach und schlug den Weg ein, der zu seinem Versteck führte.

In seinem dunklen Hotelzimmer zog Port Baldwin Hose und Hemd aus und ließ sich auf sein Bett fallen. Es hatte also wieder einmal nicht geklappt. Vier von seinen Leuten waren tot, und Flint lebte immer noch.

Wenn nicht bald etwas geschah ... Baldwins Gedanken rissen ab, als er das leise Schließen einer Tür hörte. Das Geräusch kam vom oberen Korridor. Er vernahm keine Schritte, aber dann hörte er das leise Knarren der Hintertreppe.

Jemand ging die Hintertreppe hinunter. Nach Mitternacht. Natürlich konnte das jemand sein, der ein Mädchen besucht hatte. Das einzige weibliche Wesen im Hotel war Lottie Kettleman, und ihr Zimmer lag über dem seinen.

Wer konnte so spät bei ihr gewesen sein? fragte sich Baldwin. Er kannte nur einen Mann, der über die Hintertreppe im Hotel ein- und ausging. Und nur diesem einen Mann würde Lottie eine ausgedehnte nächtliche Audienz gewähren: Buck Dunn. Und er wußt auch, warum.

Baldwin war nicht der einzige, der in dieser Nacht an Lottie Kettleman dachte. Im »Loch-in-der-Wand« lag Nancy Carrigan schlaflos auf ihrem Lager und dachte an ihr Gespräch mit Jims Frau.

Also Jim mußte sterben. Aber wenn Lottie ihn haßte, was wollte sie dann noch von ihm?

Geld natürlich. James T. Kettleman war einer der reichsten Männer des Landes. Und einer der mächtigsten. Ein Kabel von ihm hatte genügt, Baldwins Einfluß zu zerstören.

Aber das war nicht wichtig. Was sie nicht schlafen ließ, war der Gedanke, daß er jetzt irgendwo allein war, krank und allein. Durch ihre Schuld. Sie hatte ihn praktisch von hier vertrieben.

Nancy stand auf, warf ein paar Scheite auf das verglimmende Feuer und hockte sich auf den Boden, die Decke dicht um die Schultern gewickelt.

Pete Gaddis trat zu ihr. »Fehlt Ihnen etwas, Madame?« fragte er besorgt.

»Ich habe an Flint gedacht.«

Pete Gaddis hockte sich neben sie. »Ich war ein verdammter Idiot«, sagte er leise. »Ich hatte Angst, verstehen Sie?« Er sah Nancy nicht an. »Ich dachte, er wäre hinter mir her. Ich war doch dabei, damals, in The Crossing.«

»Er ist todkrank, Pete«, sagte Nancy.

Pete Gaddis sagte nichts. Nach ein paar Minuten stand er auf und ging schweigend fort.

Nancy stocherte wütend in dem Feuer herum. Ein Schwarm roter Funken sprühte auf. Daß eine Frau es fertig brachte, ihren Mann allein zu lassen, wenn er krank war.

»Dann muß ich es eben tun.« Sie sprach die Worte halblaut vor sich hin. Und sie wußte, daß sie es nicht nur aus Mitleid tat.

Morgen würde sie wieder auf die Ranch zurückgehen und mit dem Neubau beginnen. Als erstes ein Zimmer für Flint. Und wenn Baldwin den Kampf wollte, dann sollte er ihn haben.

Und wenn Lottie Kettleman ihren Mann wollte, dann mußte sie auch um ihn kämpfen.

17

Die Weite der schwarzen Lavabetten lag still und heiß unter der Nachmittagssonne. Nichts rührte sich in der unendlichen, toten Landschaft. Vom Rand des Tafelberges musterte Buck Dunn durch sein starkes Fernglas jeden Quadratmeter.

Drei Tage waren vergangen seit der Schießerei im Saloon und seinem ausführlichen Gespräch mit Lottie Kettleman. Und in diesen drei Tagen hatte Buck Dunn die ersten Vorbereitungen getroffen für seinen neuen Auftrag. Kühl, geschäftsmäßig und sachlich wie immer.

Er wußte, daß er sich eine schwere Aufgabe gestellt hatte.

Niemand wußte, wo Flint lebte, wohin er ging, wenn er die Stadt verließ. Aber irgendwo mußte er stecken. Irgendwo mußte er seine Pferde halten.

Sorgfältig hatte Buck Dunn alles durchdacht, was er über Flint wußte: Bei jedem seiner Besuche in der Stadt war er von Süden oder Osten gekommen. Also mußte sein Versteck südlich oder östlich der Stadt liegen, entweder um den Ceboletta-Berg oder in der Lava.

Planmäßig hatte er die ganze Gegend abgesucht, jede Ruine, jede Höhle sorgfältig durchforscht.

Das Gerede von dem Fremden, den Nugent bei der Jagd nach dem Siedler getroffen hatte, fiel ihm ein. Das machte die Ortsbestimmung wieder ein wenig genauer. Und dann erinnerte er sich, daß Nugent den Mann in der gleichen Nacht traf, als er, Buck Dunn, in Alamitos eintraf. Die Nacht, in der ein Mann aus dem fahrenden Zug verschwand …

Natürlich. Kettleman – Flint.

Er war vom Zug gesprungen, weil er wußte, wo die

Pferde zu finden waren. Pferde ohne Brandzeichen! Und er wußte auch genau, wohin er wollte.

In der Stadt wurde erzählt, daß Flint der Junge war, den der echte Flint bei sich gehabt hatte. Der Junge, der Flints Mörder in The Crossing zusammengeschossen hatte.

Buck Dunn ließ sich dadurch nicht sonderlich beeindrucken. Diese Schießerei in The Crossing, und auch das Massaker im Saloon von Alamitos, zeigten ihm nur, daß Flint unvorsichtig und spontan handelte. Und die Unvorsichtigen von heute sind die Toten von morgen.

Buck Dunn war nie unvorsichtig. Das heißt, bis jetzt. Aber er war sich genau darüber im klaren, auf was er einging, als er Lottie Kettlemans Bitten nachgab, ihren Mann umzubringen.

Aber er hatte auch noch nie eine Frau wie Lottie Kettleman getroffen. Sie war von einer atemberaubenden Schönheit, und sie war eine vollkommene Frau. Und sie wußte, mit welchen Waffen eine Frau kämpfen muß, um zu gewinnen.

Selbst aus Kettlemans Ermordung wollte sie noch ein Geschäft machen, ein Geschäft mit Buck Dunn und Baldwin. »Natürlich nimmst du sein Angebot an, Buck«, hatte sie gesagt. »Baldwins dreitausend Dollar können wir sehr gut gebrauchen …«

Buck Dunn hatte auch eine Rechtfertigung für Flints Ermordung. Lottie hatte ihm erzählt, wie schlecht ihr Mann sie in ihrer Ehe behandelt hatte.

Wie viele Männer seiner Art, war Buck Dunn sehr sentimental in allen Dingen, die außerhalb seines Berufes lagen. Es war für Lottie ein leichtes, ihn zu überreden, und sie brauchte dabei nicht mehr zu geben als ihre Gegenwart, ein paar vielversprechende Blicke und den Geruch ihres Parfüms.

Buck Dunn war den Umgang mit Männern gewöhnt. Die wenigen Kontakte mit Frauen waren immer auf

Barzahlungs-Ebene beschränkt geblieben. Für ihn war Lottie Kettleman ein Wesen aus einer anderen Welt. Als er ihr Zimmer um Mitternacht verlassen hatte, nahm sie ihm ein Versprechen ab. Und jetzt saß er hier auf dem Tafelberg, um sein Versprechen einzulösen.

Flint war seit drei Tagen in seinem Versteck, und er hatte weder Grund noch Lust, es so bald wieder zu verlassen. Er schlief viel, trank viel Rindsbrühe, bearbeitete einen kleinen Garten, den er angelegt hatte, und beschäftigte sich mit den Pferden.

Dr. McGinnes hatte ihm ein ruhiges, maßvolles Leben angeraten, um das Magengeschwür zu heilen, und er lebte nach diesen Weisungen.

Am vierten Tag nach der Schießerei im Saloon saß er mit einem Buch vor seiner Steinhütte, als er plötzlich etwas aufblitzen sah. Er blickte auf und sah wieder dieses Blinken, wie von einem reflektierenden Spiegel, vom Rand des Tafelberges. Jemand saß dort oben und beobachtete die Lava mit einem Fernglas.

Er verhielt sich ruhig. Er wußte, daß nur Bewegung auf diese Entfernung erkennbar war. Es war durchaus möglich, daß die Spiegelung nicht von einem Fernglas war. Es konnte ein Stück Metall sein, ein Beschlag an einem Pferdezaum, zum Beispiel. Und selbst wenn jemand dort oben die Lava beobachtete, war es nicht gesagt, daß er nach ihm Ausschau hielt. Aber es war auf jeden Fall besser, mit dem Schlimmsten zu rechnen.

Er mußte annehmen, daß jemand hinter ihm her war. Jemand wollte ihn töten, eine Entwicklung, die nicht gerade unerwartet kam. Und er würde dafür sorgen, daß sie ihn nicht unvorbereitet traf.

Bis zum Dunkelwerden nahm er sich Zeit, seine Vorbereitungen durchzudenken. Sowie er sicher war, daß man ihn nicht mehr sehen konnte, machte er sich an die Durchführung.

Er kletterte an der steilen Lavawand empor und lockerte einen riesigen Block, dicht neben dem schmalen Gang, der zu seinem Talkessel führte. Mit ein paar Knüppeln und einem Lederriemen, den er in Kniehöhe quer über den Gang spannte, baute er eine ebenso einfache wie tödliche Falle.

Dann schnitt er einen jungen Baum ab und bastelte einen starken Bogen. Er befestigte den Bogen in Brusthöhe am Ausgang des Tunnels, gespannt und mit einem Pfeil auf der Sehne. Ein dünnes Seil spannte er als Auslöser drei Meter vor diese Selbstschußvorrichtung.

Aber ein Mann wie Buck Dunn würde sich vielleicht denken, daß der einzige Zugang gesichert war, und würde versuchen, über die Lava heranzukommen. Ein weicher Mokassin würde auf dem glatten Gestein nicht den geringsten Laut geben.

Flint holte Kies und Kiesel vom Bett des kleinen Baches und streute sie an den Stellen aus, wo die Ränder der Talsenke zugänglich waren.

Am nächsten Morgen, vor Sonnenaufgang, kletterte er wieder die Wand hinauf, schritt die ganze Umgebung seines Verstecks ab und studierte jeden Quadratmeter sorgfältig und genau. Er wußte, daß die bessere Ortskenntnis ihn dem Mörder überlegen machte und die Entscheidung zwischen Leben und Tod bedeuten konnte. Und er wollte leben!

Gleich hinter dem zweiten Talkessel, in dem die Pferde waren, stieß er auf einen tiefen, häßlichen Krater. Die heiße Lava hatte hier einmal eine riesige Blase gebildet. Nach dem Erkalten war die Lavahülle darüber eingebrochen und hatte ein zwanzig Meter tiefes Loch hinterlassen, dessen Boden mit messerscharfen Splittern und Kanten besät war. Der Sturz in diesen Krater bedeutete einen qualvollen Tod – oder langsames Verhungern.

Wenn es Buck Dunn war, der ihn ermorden sollte, so

konnte er sich auf eine lange Wartezeit gefaßt machen. Buck Dunn würde nicht eher schießen, bis er sicher war, auch zu treffen. Und das konnte Wochen dauern.

Flint wußte, daß es wenig Zweck hatte, sich zu verstecken. Und er hatte auch keine Lust dazu. Er mußte nur vermeiden, Gewohnheiten anzunehmen, zu einer bestimmten Zeit an einem bestimmten Ort zu erscheinen.

Wo würde er einem Mann auflauern, wenn er der Jäger wäre, fragte sich Flint. Am Bach. Jeder Mensch braucht Wasser. Also wird Buck Dunn warten, bis ich irgendwann zum Bach gehe. Und er nahm sich vor, von jetzt an nur Wasser aus der Quelle in der Hütte zu nehmen.

Seine beste Chance lag darin, Buck Dunn zu ermüden. Er mußte die Geduld verlieren und sich zu einer Unüberlegtheit hinreißen lassen. Solange er nur mit dem Gewehr auf der Lauer lag, war er sicher. Er mußte Buck Dunn zum Angriff reizen.

Nancy Carrigan hatte ihren Vorsatz gehalten. Am nächsten Morgen war sie aus dem »Loch-in-der-Wand« auf ihre Ranch zurückgekehrt, hatte ein provisorisches Lager aufgeschlagen und begonnen, die verkohlten Ruinen ihres Hauses wieder aufzubauen.

Zwei Tage später, kurz vor Sonnenuntergang, ritt Buck Dunn auf den Hof.

Gaddis und Otero hockten neben dem Feuer und tranken Kaffee. Nancy half dem Mädchen Juana beim Kochen.

»Habt ihr einen Kaffee für mich übrig?« fragte Buck Dunn.

»Steigen Sie ab«, sagte Nancy, aber in ihrer Stimme lag keine Herzlichkeit. »Man soll nicht sagen, die Kybar hätte einen Mann ohne Essen fortgeschickt.«

»Habe einen langen Ritt hinter mir«, sagte Buck

Dunn. Er nahm eine Tasse Kaffee, die ihm Juana reichte, und sah sich aufmerksam um.

Nancy beobachtete ihn scharf; sie wußte, wen er suchte.

»Wenn Sie Ihren Kaffee getrunken haben, können Sie weiterreiten«, sagte sie kalt.

Buck Dunn machte ein vorwurfsvolles Gesicht. »Ich habe Ihnen nichts getan.«

»Nein. Und ich werde dafür sorgen, daß Sie uns auch in Zukunft nichts tun. Wenn Sie nach Tagesanbruch noch auf unserem Land sind, schießen wir ohne Warnung. Und wenn ich erfahre, daß einer meiner Männer nicht auf Sie schießt, entlasse ich ihn auf der Stelle.«

»Sie sind ungerecht«, sagte Buck Dunn. »Sie können mir glauben, ich habe nichts gegen Sie.«

»Haben Sie das Tom Nugent auch gesagt, bevor Sie ihn erschossen?«

Buck Dunn sah sie verständnislos an. »Ich habe nie mit Nugent gesprochen.«

Rockley stand auf und trat auf ihn zu. »Sie haben gehört, was Miss Carrigan gesagt hat: Reiten Sie los und lassen Sie sich nie wieder blicken.«

Buck Dunn sah ihn freundlich an. »Vielleicht treffen wir uns einmal in der Stadt wieder.«

»Kann sein. Ich bin ziemlich oft da. Wenn Sie wollen, können wir das Hausverbot auch auf Alamitos ausdehnen und Sie aus der Stadt jagen.«

»Und wenn einem von meinen Männern etwas passiert, hängen Sie am erstbesten Baum«, sagte Nancy. »Ist das klar?«

»Deutlicher kann man's kaum sagen.« Buck Dunn stieg in den Sattel und betrachtete Nancy mit einem Ausdruck von Besorgnis und Respekt. »Schade«, sagte er nach einer Weile. »Ich hatte immer etwas gegen Frauen, die Männer kommandieren. Aber bei Ihnen hätte ich auch gearbeitet.«

Sie sahen ihm nach, als er von der Ranch ritt. »Ich glaube nicht, daß er uns Ärger macht«, sagte Otero zu Nancy.

»Uns nicht«, meinte Gaddis nachdenklich.

Nancy sah der Staubwolke nach, die Buck Dunns Pferd aufwirbelte. Wie ein dünner Schleier lag sie über dem Weg, und Nancy fühlte ein Frösteln auf ihrem Rücken.

»Bis jetzt hat er alle gefunden, hinter denen er her war«, sagte Otero. »Er wird auch Flint finden.«

Nancy wandte sich wieder ihren Töpfen zu, und eine Weile war es still. Langsam wurden die Schatten länger, und die Fledermäuse flatterten wie kleine Gespenster durch den Abend.

Nancy sah auf. Ihre Blicke schweiften über die dunklen Schatten der Lavabetten, die als dünne Linie unter dem Horizont lagen, und in ihren Augen standen Angst und Sorge.

Flint war irgendwo dort draußen. – Allein.

18

Glühend heiß brannte die Sonne vom Himmel. Am fernen Horizont hatten sich dunkle Kumuluswolken getürmt. Aber der Regen wollte nicht kommen. Der Himmel hatte eine tiefe Kupferfarbe, und die Lava glühte.

Buck Dunn lag im Schatten einer Krüppelkiefer, das Gewehr neben sich, den Blick auf den kleinen Fluß gerichtet, der durch den Talkessel floß.

Als er den Platz gefunden hatte, war er sicher gewesen Flint in wenigen Stunden erledigen zu können. Jeder Mensch braucht schließlich Wasser. Aber jetzt lag er seit zwei Tagen auf der Lauer, und Flint hatte sich nicht gezeigt. Die einzige Bewegung in der brütenden Mittagshitze war ein Bussard, der seine Kreise über der Mondlandschaft der Lava zog.

Aber Buck Dunn wußte, daß Flint in dem Talkessel stecken mußte. Vor zwei Tagen hatte er das Versteck aufgespürt. Durch eine kaum erkennbare Spur, die Flints Hengst auf dem Pfad hinterlassen hatte. Ein paar Stunden später hatte er den versteckten Zugang gefunden. Aber er benutzte ihn nicht. Enge Gänge waren ihm unheimlich. Er hatte einen Weg in die Wand gefunden und sich das Versteck unter der Krüppelkiefer gesucht, von dem aus er den Bach und einen Teil des Kessels beobachten konnte.

Aber er mußte ein größeres Blickfeld haben. Vorsichtig kroch er aus seiner Deckung und ging gebückt über die Lava, das Gewehr schußbereit unter dem Arm. Er trug hartsohlige Mokassins und führte zwei Kanister Wasser und ein paar Kilo Dörrfleisch mit sich. Wenn es sein mußte, konnte er eine ganze Woche davon leben.

Geräuschlos schlich er über die Lava, den Blick auf

den Rand des Kessels geheftet. Bis plötzlich Kies unter seinem Fuß knirschte.

Augenblicklich stand er still. Er wußte genau, daß der Kies nicht immer dort gelegen hatte, und er wußte, wozu er ausgestreut worden war. Mit einem leisen Fluch ging er in die Hocke.

Nichts rührte sich. Nach ein paar Minuten richtete er sich wieder auf und versuchte, mit einem Sprung über den Kiesgürtel hinwegzukommen. Eine Kugel pfiff dicht an seinem Kopf vorbei. Er ließ sich fallen und rollte hinter einen Lavablock.

Er brachte das Gewehr in Anschlag und lauschte auf seinen aufgeregten Herzschlag. Er hatte Angst, richtige Angst. In den ganzen sechs Jahren hatte er nie jemandem Gelegenheit gegeben, zurückzuschießen. Bis auf die ungezielten Schüsse Ed Flynns war es das erstemal, daß er eine Kugel pfeifen hörte. Und er wußte nicht einmal, von wo der Schuß gekommen war.

Er lag den ganzen Nachmittag regungslos auf dem glühendheißen Felsen und wagte nicht, sich aus seiner Deckung zu rühren. Erst als es dunkel wurde, kroch er zum Pfad zurück, wo er sein Pferd abgestellt hatte.

Ein abgebrochener Ast war an dem Sattelknopf befestigt worden. Und auf seiner Spitze steckte eine leere Patronenhülse. Die Hülse der Kugel, die an seinem Kopf vorbeigegangen war.

Buck Dunn führte das Pferd fast einen Kilometer, bevor er in den Sattel stieg. Später machte er ein Feuer, kochte sich einen Tee und aß Abendbrot. Dann ritt er zu Flints Versteck zurück. Er mußte ihn im Dunkeln überraschen. Flint würde nicht damit rechnen, daß er sofort zurückkam. Vielleicht konnte er ihn im Schlaf erwischen.

Er ließ sein Pferd auf dem Pfad und betrat vorsichtig den engen Zugang zu Flints Versteck. Das Gefühl des Eingeschlossenseins war ihm unheimlich und unangenehm. Schritt für Schritt tastete er sich durch das Dunkel. Und plötzlich fühlte er einen leichten Widerstand an seinem Schienbein. Im gleichen Augenblick hörte er über sich ein Knirschen. Sofort sprang er zurück und preßte sich gegen die Wand. Dicht neben ihm krachte der Lavablock in den engen Spalt, eine dichte Wolke von Staub hüllte ihn ein und nahm ihm den Atem. Es dauerte ein paar Minuten, bis sein Herzschlag wieder normal wurde und er den Staub aus der Kehle gehustet hatte. Keuchend stieg er über die Lavatrümmer hinweg und hastete zurück. Wenige Schritte vor dem Ausgang blieb er stehen und lauschte. Kein Laut war zu hören. Er zwang sich zur Ruhe. Warum sollte er nicht umkehren? Die Falle hatte er hinter sich. Und Flint würde bestimmt annehmen, daß er entweder von dem Lavabrocken erschlagen war oder daß ihm für einige Zeit die Lust vergangen war.

Trotzdem brauchte er alle Willenskraft, um sich zum Umkehren zu zwingen. Es war das erstemal, daß ihm etwas so gründlich schief ging. Zum erstenmal hatte er das Gefühl, nicht mehr der Jäger, sondern der Gejagte zu sein, und die dumpfe Vorahnung einer Katastrophe legte sich ihm beklemmend auf die Brust.

Ärgerlich schüttelte er das Gefühl ab und kletterte über die Lavatrümmer. Der Gang wurde etwas breiter, in seiner Mitte war ein dünner Grasstreifen. Das Gras raschelte unter seinen Füßen, und er trat näher zur Wand, auf die glatte Lava. Diese Bewegung rettete ihm das Leben. Er hörte ein scharfes Zischen, und im nächsten Augenblick bohrte sich ein Pfeil in seine Schulter.

Buck Dunn ließ sich zu Boden fallen und brachte das Gewehr in Anschlag. Er hatte nicht mit einer zweiten Falle gerechnet und glaubte, Flint habe auf ihn geschossen. Aber es blieb alles still. Er riß den Pfeil aus der Wunde und verband sie mit seinem Halstuch. Dann kroch er langsam weiter, in die Talsenke hinein und unter ein dichtes Gestrüpp.

Eine lange Weile blieb er regungslos sitzen, das Gewehr auf den Knien. Aber nichts rührte sich. Er hörte nur das leise Murmeln des Wassers über den Steinen. Irgendwo lockerte ein Tier einen kleinen Stein, der mit dumpfem Geräusch ins Gras fiel. Buck Dunn entspannte sich und lehnte den Rücken an den Baumstamm. Dann zog er ein Stück Dörrfleisch aus der Tasche und begann zu essen.

Wenn alles gut ging, würde er Flint bei Tagesanbruch erledigen. Aber ihm war nicht sehr wohl bei dem Gedanken an den Morgen. Es war durchaus möglich, daß er sich selbst in eine Falle manövriert hatte. Angenommen Flint wartete, bis er sich regte? Irgendwann mußte er ja wieder aus diesem verdammten Talkessel heraus.

Aber als das Tageslicht kam, erfüllte sich weder seine Hoffnung noch seine Angst. Von seinem Versteck aus sah er einen runden Talkessel, durch den ein kleiner Bach floß. Unter einem überhängenden Felsen war eine Steinwand, anscheinend ohne Zugang. Und keine Zeichen von Leben, kein Pferd, kein Mensch.

Buck Dunn wartete eine Stunde, ohne sich zu rühren, dann eine zweite und dritte. Die Sonne stieg langsam empor und warf ihr Licht voll in den engen Talkessel. Und mit jeder Minute wuchs Buck Dunns Unruhe.

Flint hatte die Nacht in dem zweiten Talkessel bei den Pferden verbracht. Er hatte tief und fest geschlafen. Er wußte, daß er sich auf die scharfen Sinne der Tiere verlassen konnte. Sie würden ihn bei jeder Gefahr warnen.

Nach dem Frühstück ging er durch den Verbindungstunnel in das Steinhaus und betrachtete den Zugang mit seinem Fernglas. Beide Fallen waren ausgelöst worden. Vorn beim Eingang war der Zweig eines Busches abgeknickt. Also war jemand in den Kessel gekommen. Durch den engen Sehschlitz der Steinhütte musterte er jeden Quadratmeter des Kessels. Er konnte niemanden entdecken. Entweder war der Mann wieder gegangen oder er saß irgendwo versteckt und wartete, daß Flint sich zeigte.

Nun, er konnte lange warten. Flint ging durch die Krippentür in den Tunnel zurück, verriegelte die Tür sorgfältig und ging auf die andere Lichtung zurück. Plötzlich hatte er die Idee, und schon die Vorstellung seines Plans ließ ihn fröhlich grinsen.

Er kletterte die steile Wand empor auf den Rand der Lava, schlug einen weiten Bogen um die vordere Senke und stand ein paar Minuten später auf dem Pfad, wo Buck Dunn sein Pferd gelassen hatte. Er stieg in den Sattel und ritt nach Alamitos.

Vor dem Saloon band er das Pferd fest und ging hinein. An der Bar standen Baldwin und zwei Männer in Stadtanzügen, die er nicht kannte.

Baldwin sah zuerst Flint an, dann das Pferd, mit dem er gekommen war.

»Stimmt, das ist Buck Dunns Gaul«, sagte Flint fröhlich. »Er ist noch draußen und sucht nach mir.«

»Er wird Sie auch finden.«

»Wieviel zahlen Sie ihm dafür?«

Baldwin lief rot an. »Ich weiß nicht, wovon Sie reden.«

»Wer hat denn sonst Geld genug, um Buck Dunn zu bezahlen?« fragte Flint ironisch. »Und wen besucht er, wenn er die Hintertreppe des Hotels hinaufschleicht?«

Die beiden Fremden sahen unruhig von Flint zu Baldwin. Flint wandte sich um und ging hinaus. Im Hotel bestellte er sich das beste Menü der Karte. Der Kellner hatte ihm gerade serviert, als Lottie in den Speisesaal kam.

Sie blieb betroffen stehen. »Was machst du denn hier?«

»Ich esse, wie du siehst.« Er legte Messer und Gabel aus der Hand. »Du siehst schlecht aus, Lottie«, sagte er. »Du verträgst anscheinend das Klima nicht.«

Sie sah ihn mit einem langen Blick an. »Ich wüßte nicht, was dich so froh stimmen könnte.«

»Kennst du Buck Dunn, Lottie?« fragte Flint abrupt.

Ihr Gesicht blieb ausdruckslos. »Wen soll ich kennen?«

»Geh zurück nach New York, Lottie«, sagte Flint. »Ich habe allmählich genug von dir.«

»Willst du mir Angst machen?«

»Es gibt nur zwei Menschen, die sich Buck Dunn leisten können und die ein Interesse haben, mich tot zu sehen: Baldwin und du.«

»Wovon redest du eigentlich?« fragte sie irritiert.

Er lachte trocken. »Du bist wie dein Vater, Lottie. Diese Geschichte wird so ausgehen wie alle seine großen Unternehmungen: viel Wind und kein Erfolg. Warum suchst du dir keinen Mann und läßt dich ernähren, das ist doch viel bequemer.«

»Ich bin verheiratet – mit dir.«

»Ich werde die Scheidung beantragen«, sagte Flint ruhig. »Und wenn du Scherereien machen solltest, schicke ich dem Richter den Pinkerton-Bericht über deinen Mordanschlag auf mich. Vielleicht hängen sie dich nicht und stecken dich nur für zehn Jahre hinter Gitter.«

»Du willst dieses Ranch-Mädchen heiraten?«

»Ich will meine Freiheit.«

»Und wenn du nicht zurückkommst?« fragte sie lauernd.

»Dann überlasse ich dich Buck Dunn.« Er nahm einen Schluck aus seinem Weinglas. »Lottie, fahr nach Hause, mit dem nächsten Zug.«

Ein fahler Mondschein lag über der Lava, als er Buck Dunns Pferd wieder vor dem Eingang zu seinem Versteck festband und in den zweiten Talkessel kletterte. Es war alles ruhig, die Pferde grasten friedlich, und Flint ging durch den Tunnel in sein Steinhaus.

Buck Dunn lag immer noch auf der Lauer. Flint machte sich keine Illusionen darüber, daß der Mann gefährlich war und daß er es seinem Glück verdankte, wenn er noch am Leben war.

Er legte sich vor die schwere Bohlentür, das Gewehr neben sich, und ein paar Minuten später war er eingeschlafen.

Als er wieder aufwachte, stand eine blasse Dämmerung über dem Talkessel. Schwere Wolken zogen über den Himmel, und die Feuchtigkeit der Luft kündigte einen Sturm an.

Flint spähte durch den Sehschlitz und beobachtete eine halbe Stunde lang jeden Fleck des Talkessels. Dann steckte er Patronen ein, nahm das Gewehr und ging durch den Tunnel in den zweiten Talkessel. Er verließ sich auf die scharfen Sinne seiner Pferde. So sehr, daß er die erste Warnung fast übersehen hätte. Er hörte den Hengst erregt schnauben und ließ sich zu Boden fallen, gerade als der Schuß knallte und die Kugel dicht über ihm in die Lavawand schlug.

Er ließ sich in eine kleine Senke abrollen und hob vorsichtig den Kopf. Die Pferde standen stockstill, mit aufgeregt spielenden Ohren und sahen nach der gegenüberliegenden Wand hinüber.

Vorsichtig schob er sich ein Stück vor. Eine zweite Kugel schlug in den Stein, knapp neben seinem Kopf. Rasch ließ er sich in die Deckung zurückfallen.

Einen Augenblick wußte er nicht, was er tun sollte. Erwartete Buck Dunn, daß er nach links ausbrach, oder nach rechts? Eins würde er bestimmt nicht voraussehen: einen Schuß von derselben Stelle, auf die er geschossen hatte.

Vorsichtig hob Flint den Kopf, musterte den gegenüberliegenden Rand der Lavawand. Die einzige Stelle, die Deckung bot, war ein kleiner Block, etwa sechzig Meter entfernt. Er wußte, daß der Block nicht sehr dick war, außerdem mürbe und porös. Er legte das Gewehr an und schoß drei Kugeln in den Lavablock, sprang rasch hinter einen anderen Stein, zwanzig Meter weiter links, und schoß noch einmal. Seine Kugel schlug ein, als Buck Dunn gerade ebenfalls schießen wollte. Aber sie war zu ungenau gezielt, um zu treffen.

Eine Stunde lang blieb alles still. Dann hörte Flint einen Stein aufschlagen. Er wußte, daß Buck Dunn ihn geworfen hatte, um ihn zu irritieren. Er wartete ein paar Minuten, dann kroch er zu einem tiefen Spalt in der Felswand, eine kleine Höhle, die Gase in der flüssigen Lava hinterlassen hatten. Der Spalt verengte sich nach oben, war aber weit genug, um ihn durchzulassen. Flint stemmte sich empor, und zwei Minuten später lag er auf dem Rand der Lavawand, hinter zwei losen Felsblöcken.

Ein greller Blitz fuhr durch die schwarzen Wolken. Und mit dem Donner setzte ein strömender Regen ein. Wie aus Eimern goß es, und der scharfe Wind trieb den Regen fast waagerecht über die Lava. Und in dem Wolkenbruch sah er Buck Dunn.

Er war kaum zu sehen, als er etwa zweihundert Meter entfernt gebückt den Rand des Talkessels entlanghetzte. Flint jagte drei Kugeln aus dem Lauf. Buck Dunn warf sich herum und verschwand in einer flachen Mulde.

Es gab kaum Deckung auf der Lava, aber Flint war entschlossen, jetzt ein Ende zu machen. Tief gebückt lief er über das glatte, schwarze Gestein, stolperte über lose Brocken und durch ausgewaschene Mulden. Einmal stürzte er und schürfte sich das Knie auf. Erst als er auf der anderen Seite des Talkessels angelangt war, ging er langsamer.

Ein Schuß krachte, und ein scharfer Schlag traf sein Schienbein. Er brach in die Knie und zog sich hinter einen flachen Lavabrocken. Hastig zog er die Hose hoch.

Aber er sah keine Wunde. Nur eine breite Schwellung, die in der Mitte aufgeplatzt war. Die Kugel hatte ein Felsstück gegen sein Bein geschleudert.

Langsam ließ der wütende Schmerz nach, aber als er das Bein aufsetzte, knickte es fast wieder ein. Und dabei kam es gerade jetzt auf seine Schnelligkeit und Beweglichkeit an. Er durfte nie an einer Stelle bleiben. Buck Dunn war ein überlegener, erfahrener Gegner. Nur wenn es ihm gelang, ihn zu ermüden, hatte er Aussicht diesen Kampf auf Leben und Tod zu gewinnen.

Laufend und kriechend hetzte er von einer Deckung zur anderen. Einmal kappte eine Kugel einen Ast von dem Busch, unter dem er gerade lag. Ein anderes Mal fuhr ein Schuß dicht neben seinem Kopf in das Gestein.

Buck Dunn bekam er nie zu Gesicht. Und er hatte das unheimliche Gefühl, daß sein Gegner nach einem ganz bestimmten Plan verfuhr. Er sah sich um, und ein heißer Schreck durchfuhr seinen Körper. Hinter ihm erhob sich eine steile, zwanzig Meter hohe Lavaklippe, steil und glatt wie ein Schiffsrumpf. Wie ein Schaf hatte er sich von Buck Dunn in eine Sackgasse treiben lassen, aus der es keinen Ausweg gab.

Er ließ sich in eine kleine Bodensenke abrollen und sah sich um. Für den Augenblick war er in Deckung und außer Sicht. Die Senke zog sich bis zum Fuß der Klippe, eine tiefe Rinne, von Regenwasser ausgewaschen.

Vor dem Fuß der Wand blieb er stehen. Er hatte zwei, drei Minuten, bis Buck Dunn die Senke erreicht hatte. Verzweifelt blickte er auf die glatte Wand, suchte nach einem Ausweg.

Links fiel sie ein wenig zurück, machte einen scharfen Knick und setzte sich dann parallel fort. Und dann sah er seine Chance: Halb hinter dem Knick verborgen war ein breiter Riß in der Wand, eine Art Kamin, kaum handbreit am Fuß, aber nach oben allmählich weiter werdend.

Es war eine Chance. Aber auch ein Risiko. Wenn Buck Dunn ihn entdeckte, schoß er ihn ab wie einen Hasen in der Schlinge. Und er wußte nicht einmal, ob er den Aufstieg schaffen würde. Aber es war der einzige Ausweg. Er mußte es versuchen.

Der Knick in der Wand gab ihm Deckung, bis Buck Dunn die Senke erreicht hatte. Er sah auf die enge Spalte, die nirgends einen festen Halt bot, die enge Spitze eines riesigen V, das sich nach oben auf etwa einen Meter verbreiterte.

Irgendwo hörte er das Knirschen eines Stiefels auf losem Gestein. Er hängte das Gewehr über den Rücken und sprang hoch.

19

Er klammerte sich an einen Vorsprung und zog sich hinauf. Seine rechte Hand fand einen Halt, nach zwei, drei Zügen bekam er einen Fuß in den Spalt. Nach fünf Metern war der Riß so breit, daß er den Körper hineinpressen konnte. Langsam stemmte er sich höher, brachte schließlich die angezogenen Knie an die andere Wand und arbeitete sich bis zum Rand der Spalte. Dann griff er nach der rauhen Steinkante. Sekundenlang hing er erschöpft und mit keuchenden Lungen da. Dann hörte er unter sich das Knirschen eines Stiefels.

Mit letzter Kraft stemmte er sich hoch und ließ sich vornüberfallen. Er sah noch den schattenhaften Umriß eines Menschen unter sich, fühlte das Peitschen des Regens in seinem Gesicht, dann zog er die Beine nach und ließ sich zur Seite rollen, gerade als ein Kugel eine tiefe Rille in den Rand der Spalte grub.

Er wartete, bis sein Herzschlag wieder etwas ruhiger wurde. Dann nahm er das Gewehr vom Rücken und sah sich vorsichtig um. Das Terrain war das gleiche wie unten: rissige, zerbröckelte Lava, die riesigen Krater von geplatzten Lavablasen mit ihren tiefen, splitterbesäten Abgründen. Er suchte sich einen großen Lavabrocken, der ihn etwas vor dem Regen schützte, und vor dem eisigen Wind, der ihm bis auf die Haut ging und ihn frösteln ließ.

Unter der etwas überhängenden Felswand hockte Buck Dunn und fluchte auf den Regen. Er nahm ihm die Sicht und machte die Jagd gefährlich. Auch er fror.

Der Regen war auch schuld, daß Flint ihm noch einmal entwischt war. Wer dachte auch daran, daß er diese Wand hochklettern würde? Widerwillig mußte er sich eingestehen, daß er noch nie einen so zähen Gegner gehabt hatte wie Flint. Er setzte sich gegen die Wand und zog ein Stück Dörrfleisch aus der Tasche. Flint würde ihm nicht weglaufen. Buck Dunn hatte begriffen, daß Flint diesen Kampf zu Ende führen wollte.

Buck Dunn kaute mißmutig an dem harten Fleisch und starrte in den dichten Regen. Die Pfeilwunde in der Schulter schmerzte ihn, seine Hose war zerrissen, und er war bis auf die Haut naß. Zeit, daß er die Sache hinter sich brachte.

Die Kugel fetzte das Dörrfleisch aus seiner Hand und schlug mit einem bösartigen Knallen in die Lava. Buck Dunn ließ sich abrollen und griff nach seinem Gewehr. Der Schuß hatte ihn aufgeschreckt. Er hatte angenommen, Flint würde auf der Klippe bleiben, froh, daß er noch einmal davongekommen war. Und jetzt war er schon wieder vor ihm.

Vorsichtig erhob er sich auf die Knie. Eine zweite Kugel fuhr neben seinem Kopf in die Wand, die dritte bohrte sich in den Stamm einer Krüppelkiefer vor ihm, und die vierte brannte eine tiefe Furche in seinen rechten Handrücken.

Er kroch zwischen die Äste der Krüppelkiefer und sah Flint auf sich zukommen. Er riß das Gewehr hoch und schoß. Flint ließ sich fallen. Buck Dunn sah eine tiefe Senke vor sich und sprang hinein. Die Senke weitete sich zu einem breiten Tal mit hohen, steilen Wänden. Wieder krachte ein Schuß, und eine Kugel zischte über seinen Kopf. Er preßte sich zwischen zwei Lavablöcke und rang nach Atem. Und er heulte fast vor Wut.

Sein Handrücken brannte wie Feuer. Flints Kugel hatte eine breite, blutende Wunde in das Fleisch gerissen.

Ich muß hier raus, dachte er. Zum Teufel mit Flint, zum Teufel mit Baldwin, zum Teufel mit Lottie. Sollen sie ihn selber umlegen, wenn ihnen so viel daran liegt. Ich mache nicht mehr mit.

Er sah einen tiefen, dunklen Spalt in der Lavawand. Auf Händen und Füßen kroch er hinein. Es war stockdunkel, aber es war trocken. Der Regen fiel immer noch, hatte aber ein wenig nachgelassen. Und ein dumpfer Donner grollte in der Ferne.

Es konnte nicht mehr lange dauern, bis es dunkel wurde und er verschwinden konnte. Er hatte allerdings nicht die geringste Ahnung, wo er war.

Flint war völlig ausgepumpt. Er war am Fuß der Wand angelangt, von wo seine Schüsse Buck Dunn vertrieben hatten. Er fand Buck Dunns Proviantsack und aß von dem Dörrfleisch.

Es war ein reiner Zufall gewesen, daß er einen Weg von der Klippe gefunden und Buck Dunn entdeckt hatte. Sein Schienbein tat ihm weh, und er hinkte. Gerne hätte er sich ausgeruht, aber er wagte es nicht. Mühsam schleppte er sich weiter, wobei er das Gefühl hatte, eine schwere Last auf seinen Schultern zu tragen. Das Gewehr schien einen Zentner zu wiegen, und er hatte einen seiner Revolver verloren.

Er brauchte Ruhe. Er konnte nicht mehr weiter. Sein Versteck mußte nördlich liegen. Vorsichtig kroch er ein Stück über eine flache Felsenkuppe, richtete sich dann auf und ging weiter.

Es waren fast zwei Kilometer bis zu seinem Versteck. Er kletterte in den Talkessel, ging in die Steinhütte und machte ein Feuer. Dann zog er die zerfetzten Kleider aus und wusch sich. Als er sich mit einer Wolldecke trockengerieben hatte, wurde ihm etwas warm. Er zog saubere Sachen an, kochte sich Kaffee und wärmte zwei Büchsen Bohnen auf. Dann verbarrikadierte er die Tür, wickelte sich in seine Decken und fiel in einen tiefen Schlaf.

Nancy Carrigan war in Alamitos, als Buck Dunn in die Stadt ritt. Die Leute auf der Straße blieben stehen und starrten ihm nach, Buck Dunn war zerschunden und bis auf die Haut durchnäßt. Die rechte Hand war mit einer blutdurchtränkten Binde umwickelt, sein Gesicht war eingefallen und alt.

Vor dem General-Store fiel er fast vom Pferd. Er trat ein und kaufte zwei Päckchen Munition. »Haben Sie auch Dynamit?« fragte er dann.

Er kaufte fünfzig Patronen, und die gleiche Anzahl Zünder. Dann brachte er sein Pferd in den Mietstall und ging ins Hotel. Er fiel auf das Bett und war innerhalb von Sekunden eingeschlafen.

Als Buck Dunn gegangen war, betrat Nancy Carrigan den General-Store. »Howard, was hat er gekauft?« fragte sie.

»Munition«, sagte der Ladeninhaber. »Und fünfzig Dynamitpatronen.«

Nancy dankte ihm und ging zum Saloon. Vor der Tür zögerte sie. Eine Dame ging nie in einen Saloon. Das war eisernes Gesetz.

Aber es war niemand da, den sie schicken konnte. Und sie hatte keine Zeit zu warten. Sie raffte ihren Rock und stieß die Tür auf.

»Red«, rief sie dem Barkeeper zu. »Ist einer von meinen Leuten hier?«

Sie hörte das Zurückschieben eines Stuhls, dann tauchte Rockleys Gesicht aus dem dichten Tabaksqualm auf. Ryan und Gaddis folgten ihm. »Ist etwas passiert, Madame?«

»Könnt ihr Buck Dunns Spur zurückverfolgen?« fragte Nancy hastig. »Ich glaube nicht, daß er sich vor morgen früh rühren wird. Er hat Flint irgendwo aufgestöbert. Und er hat Dynamit gekauft.«

»Dynamit?«

Ryan sah durch das Fenster in den strömenden Regen. »Da wird nicht mehr viel zu finden sein«, sagte er zweifelnd.

»Wir müssen es versuchen«, sagte Nancy entschlossen. »Holt eure Pferde. Meins auch.«

Pete Gaddis zögerte und tauschte einen Blick mit Ryan. »Ich wüßte etwas Besseres, Madame«, sagte er. »Buck Dunn ist viel einfacher zu finden als Flint.«

»Nein. Einer von euch könnte dabei erschossen werden. Wir werden Flint suchen und ihn auf die Kybar bringen.«

Buck Dunns Spur war leichter zu folgen, als sie angenommen hatten. Sein Pferd war müde gewesen, und seine Hufe hatten sich tief in den Boden gegraben. Und nach ihm war niemand den Pfad entlanggeritten.

Die Spur führte über den Tafelberg, den Serpentinenweg hinunter und verlor sich in der Lava. Sie ritten ein Stück weiter, und Gaddis fand eine Stelle, an der die Lava an vielen Stellen aufgerieben und abgesplittert war.

»Ich würde sagen, hier hat das Pferd gestanden, den ganzen Tag.«

Buck Dunn hatte sich keine Mühe gemacht, seine Spuren zu beseitigen. Sie führten direkt in den engen Pfad, der den Zugang zu Flints Versteck bildete.

»Das kann schiefgehen«, sagte Rockley, als Nancy hineingehen wollte. »Wenn ich Buck Dunn wäre, würde ich mich zwei Stunden ausruhen und dann zurückkommen, bevor der andere sich richtig erholt hat. Und er wird sich nicht gerade freuen, wenn wir unsere Nase in seine Affäre stecken.«

Doch Nancy schob seine Bedenken beiseite und trat in den engen Gang. Ein paar Minuten später standen sie in dem kleinen Talkessel.

Sie entdeckten Flints Steinhaus nicht gleich. Es wirkte in dem unsicheren Licht wie ein Stück der Wand. Vorsichtig gingen sie näher.

»Ich möchte da nicht herangehen und an die Tür klopfen«, sagte Ryan. »Der ist so nervös, daß er gleich durchschießt.«

Nancy sagte nichts. Mit festen Schritten ging sie zur Tür und klopfte an das Holz. »Jim! Jim Flint!«

»Wer ist da?«

»Nancy. Ich habe drei von meinen Jungen bei mir. Buck Dunn war in der Stadt und hat Dynamit gekauft.«

Die Tür ging auf. Das erste, was Nancy sah, war Flints geschwollenes Bein. Die Platzwunde war wieder aufgerissen, und das Blut hatte das Hosenbein durchtränkt.

»Sie sind verwundet«, sagte Nancy erschrocken. »Kommen Sie auf die Ranch.«

Flint schüttelte den Kopf. »Sie sollten lieber gehen.« Er sah zum Rand des Kessels hinauf. »Wenn Buck Dunn Dynamit hat, wirft er es wahrscheinlich von oben herunter.«

»Wahrscheinlich«, nickte Ryan. »Und für Sie wäre es auch gesünder, wenn Sie dann nicht mehr hier sind.«

»Ich gehe nicht«, sagte Flint und sah Nancy in die Augen.

»Wenn ein Mann einmal anfängt, wegzulaufen, hört er nie wieder auf.«

Sie sah zu ihm auf, und ihre Augen baten ihn. »Bitte nicht, Jim. Er wird Sie töten.«

»Wenn es vorbei ist, komme ich zu Ihnen auf Besuch. Ich hatte das ohnehin vor. Werden Sie zu Hause sein?«

»Ich bin zu Hause. Ich warte.«

»Pete«, wandte er sich an Gaddis. »Bringen Sie sie nach Hause. So wie ich Buck Dunn kenne, wird er bald hier sein.«

Als sie gegangen waren, ging er ins Haus zurück. Jetzt kannten sie sein Versteck, in dem er einmal sterben wollte. Aber er würde ja nicht sterben. Nicht, wenn er Buck Dunn überlebte.

Er steckte eine Handvoll Patronen in seine Taschen, ging durch den Tunnel in den zweiten Talkessel und stieg die Wand hinauf.

Der Regen war nur noch ein leichtes Nieseln. Aber am Himmel hingen immer noch schwere, schwarze Wolken, und nur gelegentlich fiel ein schwacher Mondschimmer durch die Decke.

Ab und zu erhellte ein Wetterleuchten die schwarzen Lavabetten, und Flint nutzte die Blitze, um vorsichtig bis zum Rand des vorderen Talkessels zurückzukriechen.

Vor ihm lag eine weite steinige Fläche, die das Dach zu dem Tunnel bildete, der die beiden Talkessel miteinander verband. Als er den Kopf wahrnahm, dachte er zuerst, es sei ein Felsstück. Aber dann sah er, wie das Felsstück sich bewegte. Es kam näher, erhob sich. Ein Mann stand in weniger als hundert Meter Entfernung. Ein Mann mit einem dicken Bündel unter dem Arm.

Der Mann kam auf ihn zu, das Bündel unter dem Arm und ein Gewehr in der Hand. Und er ging direkt auf einen tiefen Krater in der Lava zu. Flint hob das Gewehr. Buck Dunns Kopf war in seinem Visier. Aber er vermochte nicht auf einen Mann zu schießen, der ihn nicht sehen konnte.

Flint erhob sich, das Gewehr im Anschlag. »Buck Dunn!« In der Ferne rollte ein Donner.

Buck Dunn blieb stehen und sah ihn an. Er stand kaum fünfzig Meter entfernt, und sein Körper hob sich scharf gegen das Mondlicht ab.

»Also haben Sie es geschafft«, sagte er. »Na, irgendwann muß ja mal Schluß sein.«

Er sprach langsam, fast träge, aber sein Gewehr war verdammt schnell. Flints Schuß war nur einen Sekundenbruchteil schneller.

Buck Dunn taumelte, ließ das Gewehr fallen und brach in die Knie. Langsam ging Flint näher, die Waffe im Anschlag. Buck Dunn lag auf dem Rücken, die linke Hand auf die Brust gepreßt. Flint stieß sein Gewehr mit dem Fuß außer Reichweite.

»Ich sagte vorhin, einmal muß ja Schluß sein.« Er versuchte ein Lächeln. »Ich möchte noch eine Zigarette rauchen«, sagte er.

»Von mir aus.«

Buck Dunn riß ein Streichholz an, drehte sich auf die Seite und barg die kleine Flamme hinter der vorgehaltenen Jacke. Als er sich wieder umwandte, glimmte die Zigarette zwischen seinen Lippen, und eine tiefe Befriedigung lag auf seinem Gesicht.

»Sie haben es mir verdammt schwer gemacht«, sagte er. »Stimmt es eigentlich, daß Sie der Junge waren, den Flint bei sich hatte?«

Die Frage war ganz normal, aber irgend etwas an Buck Dunns Tonfall war falsch. Eine gespannte, lauernde Erwartung.

Und dann sah Flint unter Buck Dunns Jacke einen Funken glühen.

Ein eisiger Schreck durchfuhr Flint. »Verdammt ...«

Buck Dunn riß ein dickes, dunkles Bündel unter der Jacke hervor. Funken sprühten von einer brennenden Lunte.

Das Dynamit!

Flint sprang zurück und feuerte, so rasch er den Ladehebel bedienen konnte. Er sah, wie Buck Dunns Körper von den schweren Kugeln zu Boden gerissen wurde, sah das Dynamit-Bündel aus seiner Hand gleiten.

Mit letzter Kraft richtete er sich auf, griff nach dem Dynamit. Und dann stand der tödlich Verwundete auf den Beinen, taumelte auf Flint zu, das Dynamit in beiden Händen.

Und plötzlich verschwand er vor Flints Augen. Ein knisterndes Krachen ertönte, als Buck Dunn durch die dünne Lavadecke brach und in den tiefen Krater stürzte.

Flint warf sich zu Boden und preßte sich gegen den kalten Stein. Eine grelle Stichflamme schoß aus dem

Krater, die Erde schien zu beben, und dann regneten Lavabrocken auf ihn herab.

Taumelnd erhob er sich. Ein Blitz zuckte über den Himmel. Er sah den tiefen Schlund des Kraters. Und das, was von Buck Dunn übrig geblieben war. Es war nicht viel.

Er hörte sie rufen, bevor er sie sah. »Jim! Jim! Jim!«

»Alles in Ordnung, Nancy«, sagte er. »Alles in Ordnung.«

20

Nach dem Regen war die Luft frisch und klar. Sogar die alten Häuser von Alamitos wirkten sauber und ordentlich. Die silbrigen Blätter der Cottonwoods glänzten in der Sonne, und im Corral des Mietstalls wieherte ein Pferd, als Flint und die Mannschaft der Kybar-Ranch in die Stadt ritten.

Die Männer strebten auf den Saloon zu, und Nancy ging von Jim Flint begleitet ins Hotel.

Er trug einen grauen Anzug an diesem Morgen. Und den breitkrempigen Hut des Westens. Auf der Treppe blieb Nancy stehen. »Muß es sein?«

»Es muß sein.«

»Gut.« Sie sah ihm gerade in die Augen. »Mein Vater hat immer gesagt, es gibt Dinge, die ein Mann tun muß. Und dann soll er sie gründlich tun.«

Flint lächelte. Darauf kannst du dich verlassen.«

Er ließ Nancy in der Hotelhalle zurück, ging dann wieder auf die Straße.

Port Baldwin stand vor dem Saloon und sah Flint auf sich zukommen.

»Er ist tot, Port«, sagte Flint, als er vor ihm stand.

Baldwin nahm die Zigarre aus dem Mund und sah mißbilligend auf den schiefen Brand. »Wer ist tot?«

»Buck Dunn. Letzte Nacht draußen in der Lava.«

Baldwin sah ihn an. »Und warum sagen Sie das mir?«

»Ich dachte, es würde Sie interessieren.« Er trat einen Schritt auf Baldwin zu. »Und jetzt werden Sie zur Bahnstation gehen, in einen Zug steigen und sich nie wieder hier sehen lassen, verstanden.«

Baldwin sah ihn mit einem Grinsen an. »Wirklich?«

»Wirklich«, sagte Flint ruhig. »Sie können freiwillig gehen oder Sie werden wie ein Stück Vieh verladen. Die Wahl liegt bei Ihnen.«

Baldwin sah auf Flints Bein. Er hatte vorhin bemerkt, daß er etwas hinkte. »Fehlt Ihnen was?«

»Sie haben nicht viel Zeit, Port.«

»Ich glaube, ich werde nicht gehen«, sagte Baldwin. »Wollen Sie jetzt Ihre Kanone ziehen?«

»Aber nein.« Flint lächelte freundlich. »Sie sind doch ein alter Boxer.«

»Und Sie wollen mich annehmen?« fragte Baldwin ungläubig. Er hielt Flint seine roten, rissigen Fäuste vor das Gesicht. »Mit den Dingern habe ich mal einen Mann umgebracht.«

»Ich habe einen ernsthaften Fehler, Baldwin«, sagte Flint. »Ich bin leichtsinnig.« Und er schlug zu.

Es war ein kurzer Haken, der zwischen Baldwins erhobenen Händen hindurchrutschte und seine Lippe aufschlug.

Baldwin wischte mit dem Handrücken über die aufgeplatzte Lippe und sah das Blut an seinen Fingern. »Ich glaube, ich ziehe die Jacke aus.«

»Bitte.« Flint legte ebenfalls den Rock ab und wartete, bis Baldwin fertig war.

Baldwin grinste, als er seine Fäuste hob. »Und jetzt, Jim Kettleman, werde ich Sie fertigmachen. Diesen Kampf überleben Sie nicht.«

»Wetten? Fünftausend Dollar, daß ich gewinne.«

»Das ist sportlich«, nickte Baldwin anerkennend. »Ich halte die Wette.«

Vor dem Saloon hatte sich eine dichte Menschenmenge angesammelt. Sie bildete einen weiten Kreis, und die beiden Männer schlichen lauernd umeinander herum.

Flint machte sich keine Illusionen über seine Gewinnchancen. Sein Bein war noch steif und geschwollen, und der Kampf mit Buck Dunn hatte an seinen Kräften gezehrt.

Aber er wußte, daß nur eine Niederlage im Faustkampf für Baldwin entscheidend war. Nur wenn er geschlagen wurde, würde er aufgeben und nach New York zurückkehren. Alamitos hatte keinen Platz für Männer seines Schlages. Und die Tatsache, daß er noch immer da war, bewies, daß er seine Pläne noch nicht aufgegeben hatte.

Flint schlug eine Finte, Baldwin deckte den Körper ab, und Flints Faust fuhr ihm in die Zähne.

»Das reicht mir«, sagte Baldwin. Der schwere Mann konnte verdammt schnell sein, wenn er wollte. Seine Faust traf Flint am Kopf, und während er noch zurücktaumelte, drängte Baldwin nach, und eine Serie harter Schläge trommelte auf Flints Körper. Flint drückte seinen Kopf gegen Baldwins Schulter, bohrte seine Faust in Baldwins Achsel und brachte ihn zu Fall. Bevor er wieder auf den Beinen war, schlug Flint ihm in die Magengrube, und schickte zwei schnelle Kopfhaken nach. Dann hatte Baldwin sich wieder gefangen und schlug zurück.

Baldwin hatte eine erstaunlich gute Atemtechnik. Ein linker Haken warf Flint gegen die Barriere, sie zersplitterte unter seinem Gewicht, und beide Kämpfer gingen zu Boden. Baldwin schlug nach Flints Kopf. Aber Flint rollte unter dem Schlag weg, erwischte Baldwin an der Schulter und schickte ihn wieder zu Boden.

Flint sprang auf die Füße, Baldwin warf sich gegen seine Beine und riß ihn zu Boden. Dann trat er mit dem Fuß nach Flints Kopf, aber Flint zog ihm das Standbein unter dem Körper weg.

Der Kampf war hart und brutal. Flints Atem kam in kurzen, schweren Stößen. Zum erstenmal erkannte er, wieviel Kraft ihn seine Krankheit gekostet hatte. Er war nicht fit genug für einen langen Kampf.

Er mußte jetzt versuchen, Baldwin zu erledigen. Er täuschte mit der Linken und schlug einen kurzen rechten Haken in Baldwins Herzgrube. Er mußte zwei schwere Schläge einstecken, konnte aber noch eine Gerade in Baldwins Magen landen, der zwei linke Körperhaken folgten.

Baldwin taumelte zurück und riß sich die Fetzen seines Hemdes vom Körper. Er fühlte, daß er angeschlagen war. Er mußte Flints schwache Stelle treffen – das verletzte Bein.

Mit seinem ganzen Körpergewicht riß er Flint zu Boden und warf sich dann über ihn. Sein Knie stieß schwer auf Flints Bein. Flint stöhnte, als der messerscharfe Schmerz in seinen Körper fuhr. Baldwins Rechte holte zu einem entscheidenden Schlag aus. Mit beiden Fäusten schlug Flint nach Baldwins linkem Arm, auf den er sich stützte und rollte zur Seite, als Baldwin auf die Seite fiel. Er war am Ende seiner Kraft. Sein Gesicht war zerschlagen. Das linke Auge fast zugeschwollen.

Baldwin schlug einen linken Haken. Flint duckte unter dem Schlag weg und warf Baldwin über seine Schulter. Mit einem dumpfen Klatschen fiel der andere in den Sand. Flint blieb stehen. Sein Bein war steif, und auf seiner Seite verspürte er ein schmerzhaftes Stechen.

Schwerfällig stand Baldwin auf. »Sie sind fertig, Flint«, sagte er und trat auf ihn zu. Und Flint wußte, daß er recht hatte. Er würde nicht mehr lange durchhalten. Er mußte schnell Schluß machen.

Baldwin stand auch nicht mehr sehr fest. Aber sein Schlag kam schnell und sicher. Flint duckte unter ihm weg und schlug einen harten Haken in Baldwins Herzgrube. Baldwin stand regungslos. Seine Hände sanken herab. Sein Mund schnappte nach Luft, Flints Aufwärtshaken an sein Kinn schlug ihm die Zähne aufeinander.

Die Beine knickten unter ihm ein, und er sackte vornüber in den Staub.

»Das wär's wohl«, sagte Flint mit einem tiefen Atemzug.

Er wandte sich um und ging zum Wassertrog, um sich das Blut vom Gesicht zu waschen.

Ein scharfer Schrei ließ ihn herumfahren. Baldwin stand wieder auf den Beinen und kam mit einem Stück der zerbrochenen Barriere auf ihn zugestürzt. Flint tauchte unter dem wütenden Schlag hindurch, ergriff Baldwin am Hals und rammte seinen Kopf gegen die Wand. Dann schlug er ihm die Faust ins Gesicht, zweimal, und noch ein drittes Mal.

Dann riß er ihn hoch und warf ihn gegen den Wassertrog. »Sie schulden mir noch fünftausend Dollar.«

Port Baldwin starrte Flint aus glasigen Augen an. Er wollte sich noch einmal aufrappeln. Aber er schaffte es nicht. Er hatte verloren. Buck Dunn war tot und seine Pläne waren begraben.

»Sie müssen einen Scheck nehmen«, sagte er mit verschwollenen Lippen. »Ich habe nicht mehr soviel Bargeld.«

»Schreiben Sie ihn aus, bevor der Zug fährt«, sagte Flint. Baldwin taumelte auf die Füße. Zusammen gingen sie in den Saloon, und Baldwin füllte den Scheck aus.

Lottie Kettleman saß im Speisesaal, als Flint in das Hotel zurückkam. Er trat an ihren Tisch, zog ein goldenes Medaillon aus der Tasche und reichte es ihr. »Das gehört dir, Lottie. Ich habe es in Buck Dunns Tasche gefunden. Und heute werde ich an Burroughs schreiben. Wegen der Scheidung.«

»Also bleibst du hier?«

»Natürlich bleibe ich hier.«

Er ging in die Halle. Nancy sah ihm lächelnd entgegen, und er setzte sich neben sie.

»Der Name Flint ist ziemlich verrufen in dieser Gegend«, sagte er und griff nach ihrer Hand. »Würdest du ihn trotzdem tragen wollen?«

Nancy nickte. »Es kommt immer auf den Mann an. Ich bin froh, daß du den Namen Flint behalten willst.«

Er nickte und dachte an einen kalten, trüben Morgen, an einen einsamen, verlassenen Jungen, der frierend auf der Bordsteinkante saß, und er dachte auch an einen großen Mann in einer zottigen Lammfelljacke.

»Ich glaube, das bin ich ihm schuldig«, sagte er.